pièces
en
un acte

Les Éditions des Plaines
remercient chaleureusement
le Conseil des Arts du Canada
et le Conseil des Arts du Manitoba
pour l'appui financier apporté
à la publication de cet ouvrage.

Illustrations de Réal Bérard

Troisième tirage – 1994

ISBN 0-920944-22-1

Directeurs: Georges Damphousse et Annette Saint-Pierre

Dépôt légal à la Bibliothèque Nationale d'Ottawa
3e trimestre 1983

André Castelein de la Lande

pièces
en
un acte

Éditions des Plaines
C.P. 123
Saint-Boniface, Manitoba
R2H 3B4

Préface

Dans l'histoire de la dramaturgie manitobaine, André Castelein de la Lande est une personnalité de premier plan; il a fondé le Cercle Molière et signé une cinquantaine de dramatiques.

Sa deuxième contribution à la scène théâtrale de notre milieu est demeurée longtemps en veilleuse; en effet, ce n'est qu'en 1973 que l'on commença, au Manitoba, à s'intéresser aux écrits de Castelein de la Lande. On doit au juge Édouard Rinfret, de Montréal, et à l'avocat Klive Tallin, de Winnipeg, d'avoir découvert l'oeuvre quasi totale de l'artiste dramatique.

Composés au fil des années trente, les textes inédits n'ont pas été modifiés pour fin de publication. Et c'est tant mieux. Autrement, on ne saurait y découvrir la thématique de l'époque dans toute sa vérité. L'auteur, qui s'inspire des travers et des difficultés de la société, suit les modèles de son temps en ce qui a trait à la structure des pièces de théâtre.

Il serait facile de rajeunir le tout en troquant quelques expressions contre du plus imagé ou en ajoutant des scènes plus vingtième siècle. Il n'est pas certain, toutefois, qu'une adaptation ferait plus choc que le texte savoureux des années trente. Puisque le théâtre est un art capable d'opérer une magie, les metteurs en scène sauront utiliser avec profit ce recueil de pièces en un acte qui ne constitutent qu'un tiers de l'oeuvre de Castelein de la Lande.

Les Éditions des Plaines répondent à un besoin, en rassemblant sous une même couverture des textes qui peuvent être portés à la scène. Ceux qui croient à la sauvegarde de notre patrimoine culturel sauront gré à la jeune maison d'édition française d'enrichir notre répertoire autochtone en recueillant les miettes du passé. C'est aussi une excellente façon de faire connaître l'une des racines culturelles les plus vivantes de notre histoire: le théâtre manitobain.

Léonie Guyot

Trop de zèle nuit

"Mais non, mon chéri; tu m'as dit que tu ne voulais plus de dettes et j'ai payé toute la somme encore due sur le piano, pour te faire plaisir."

La scène se passe où l'on voudra, quand on voudra.
Cela dans un petit intérieur simplement meublé où
se reconnaît la main féminine.

PERSONNAGES
Gaston Labarbe
Geneviève, son épouse
Madame Bellehumeur, mère de Geneviève
Armand Lechic, ami des Labarbe
M. Boulard, marchand de pianos
M. Zwanzeur, marchand de remèdes

TROP DE ZÈLE NUIT

SCÈNE 1
Gaston et Armand

GASTON — Je ne puis que te le répéter, mon cher, tu devrais entrer dans la grande confrérie des gens mariés.

ARMAND — Mais, pourquoi donc insistes-tu tant pour me voir marié?

GASTON — Pour ton bonheur, rien que pour ton bonheur.

ARMAND — Je t'avouerai simplement que pour le moment je n'ai nulle envie de...

GASTON — Tu as tort, grandement tort, mon vieux.

ARMAND — Peut-être. Mais tu es encore dans ta lune de miel. Attends.

GASTON — Attendre, quoi?

ARMAND — La lune de moutarde, dame! Elle viendra aussi, celle-là, et elle pique...

GASTON — Tu plaisantes. Ma délicieuse petite femme, ma belle-mère...

ARMAND, *interrompant* — Ah! c'est vrai, elle habite...

GASTON — C'est-à-dire que nous habitons chez elle. Elle nous donne le logement, et nous la nourrissons.

ARMAND — Oui, charmant nourrisson. Échange de bons procédés. Tant pis!

GASTON — Et pourquoi, tant pis?

ARMAND — Parce que je ne pourrais dire tant mieux. Continue. J'écoute.

GASTON — Je disais donc que mon adorable épouse, ma belle-mère et jusqu'à la vieille bonne, toutes ne savent que faire pour me rendre heureux. Je suis en somme un vrai petit coq-en-pâte.

ARMAND — Tant pis.

GASTON — Pourquoi dis-tu encore tant pis?

ARMAND — Parce que je ne puis dire tant mieux.

GASTON — Et pourquoi ne peux-tu dire tant mieux?

ARMAND — Parce que feu de paille ne dure pas.

GASTON — Sais-tu que tu finis par devenir agaçant, toi?

ARMAND — En quoi deviens-je agaçant? Tu veux me faire marier, et moi je refuse; tu vois rose; je vois noir. Tu ne contemples que le ciel et, moi, je ne me sens que la crainte salutaire de l'enfer ou du moins du purgatoire.

GASTON — Je ne vois pas seulement le ciel, mais j'y suis, j'y nage dans la joie.

ARMAND — Attention de ne t'y point noyer. Ta joie me fait peur.

GASTON — Allons, tu me fais de la peine, car je te vois incorrigible et tu resteras toute ta vie l'égoïste célibataire.

ARMAND — Absolument, tu l'as dit. Quand tu auras deux ans de mariage, et surtout de cohabitation avec ton nourrison, peut-être déchanteras-tu, car l'excès nuit en tout, même dans les meilleures choses de la vie. Et là-dessus, mon cher, je te laisse à tes amours.

GASTON — Moque-toi. Tu regretteras plus tard de ne pas m'avoir écouté.

ARMAND — Je ne me moque point. Je te plains.

GASTON — Je te dispense de me plaindre. Et pourquoi me plains-tu?

ARMAND — Tu es trop choyé, cela ne durera pas.

GASTON — Allons, laisse-moi. Tu commences à me donner sur les nerfs.

ARMAND — Au revoir, cher. Tu déjeunes avec moi à midi?

GASTON — Non, ma femme tient à ce que je revienne déjeuner ici le midi.

ARMAND — Faire une promenade de deux milles? Tu vois déjà les changements d'habitude. Probablement que ta belle-mère préparera tes pantoufles pour tes petits pieds mignons et allumera ta pipe.

GASTON — Va-t'en. Va-t'en. Tu m'exaspères.

ARMAND, *sortant* — Bon... bon...on s'en va...mais ne te noies pas dans ton océan de joie avec ton adorable épouse et ton nourrisson. Adieu!

SCÈNE 2
Gaston, seul, puis Geneviève

GASTON — Oh! ces vieux célibataires endurcis ne pensent qu'à eux; vivant sans affection, sans amour, sans rien qui les retienne sur terre. Quelles joies peuvent-ils éprouver sur terre? Enfin, n'y pensons plus et commençons notre lettre. *(Il se met à écrire.)*

GENEVIÈVE, *entrant* — Te voilà, mon chéri.

GASTON — Oui, me voilà, ma poulette adorée.

GENEVIÈVE — Petit tire-bouchon de mes soupirs.

GASTON — Colombe des rêves d'argent.

GENEVIÈVE — Mon petit coq-en-pâte.

GASTON — Mon rayon de soleil a-t-il pris son petit café au lait et son biscuit?

GENEVIÈVE — Et mon gros loup a-t-il pris son thé au lait et son petit pain doré?

GASTON — Que va faire mon petit chou d'amour pendant que je suis au bureau?

GENEVIÈVE — Il pensera au retour de son petit bonbon de chocolat.

GASTON — À propos, Geneviève, tantôt, on reviendra toucher le paiement du piano; tu paieras. Il y a de l'argent en haut; tu sais que je n'aime pas remettre un paiement, et surtout les dettes...

GENEVIÈVE — Entendu, mon petit champignon d'amour. Je hais aussi les dettes.

GASTON — As-tu demandé à la vieille Euphémie de repasser mes chemises d'habit un peu plus raide? Les devants sont trop mous.

GENEVIÈVE — Oui, mon trésor, elle achève de repasser et je lui ai recommandé de mettre beaucoup d'amidon. Je lui en ai donné un nouveau paquet.

GASTON — Tu es un séraphin, mon ange.

GENEVIÈVE — Tu n'as plus rien à me demander avant mon départ, chérubin aimé?

GASTON — Ah! oui, j'allais oublier. Tu sais que ce soir nous devons aller dîner chez les de la Tour; il faut donc que je me mette en habit noir.

GENEVIÈVE — Naturellement, tu dois être beau comme un astre et me faire honneur.

GASTON — Seulement, mon pantalon est trop long et je voudrais que tu en coupes environ un pouce ou un pouce et demi.

GENEVIÈVE — Mais, mon trésor aimé, tu sais que je suis incapable de faire ce travail. Je n'oserais jamais couper un pantalon.

GASTON — Bon...bon...je le mettrai tel qu'il est et le donnerai au tailleur demain.

GENEVIÈVE — C'est cela. Maintenant, je te laisse écrire et vais à la cuisine.

GASTON — Tu fais bien, car j'ai juste quelques minutes pour écrire.

GENEVIÈVE — À tantôt, mon gros chien-chien.

GASTON — À tantôt, ma petite chatte bien-aimée. *(Elle sort.)*

SCÈNE 3
Gaston, seul, puis belle-maman

GASTON — Et dire qu'il y a des gens assez stupides pour ne pas se marier, tel mon vieil ami Armand. Le moindre de mes désirs est satisfait, même prévu. Évidemment, pour une femme, il est difficile de raccourcir un pantalon car elle l'eût fait si elle l'eût su. Allons, écrivons.

BELLE-MAMAN, *entrant* — Ah! vous êtes encore là, mon cher gendre? Quel plaisir.

GASTON — Avez-vous bien dormi, belle-maman?

BELLE-MAMAN — Comme un soir. J'ai rêvé que vous m'embrassiez sans arrêt.

GASTON — Oh! belle-maman.

BELLE-MAMAN — C'est que tout le monde ne possède pas un gendre tel que vous. La crème des gendres. Le gendre par excellence.

GASTON — Belle-maman, vous me flattez. Vous êtes, vous aussi, la crème des belles-mères, et peu de gendres peuvent en dire autant.

BELLE-MAMAN — Croyez-vous vraiment ce que vous dites, Gaston?

GASTON — Si je le crois! Mais à propos, belle-maman, vous qui êtes si habile en tout, j'aurais un service important à vous demander.

BELLE-MAMAN — Un service? Vous savez que je ferais tout pour vous.

GASTON — Nous allons ce soir dîner chez les de la Tour.

BELLE-MAMAN — Où je vous accompagne, mon cher gendre.

GASTON — Seulement, mon pantalon d'habit est un peu trop long. De vos doigts de fée, ne pourriez-vous le raccourcir d'un pouce ou deux?

BELLE-MAMAN — Mais mon pauvre Gaston, je n'oserais jamais couper un pantalon.

GASTON — Bon, bon, je le porterai tel quel, je relèverai mes bretelles et demain je le porterai chez le tailleur.

BELLE-MAMAN — Je regrette beaucoup de ne pouvoir vous rendre ce service, mais mes pauvres yeux sont si faibles.

GASTON — Et avec tout cela, je n'ai pu terminer ma lettre et

voilà arrivé le temps de partir. À tout à l'heure, belle-
maman.

BELLE-MAMAN — Et depuis quand part-on sans embrasser
belle-maman?

GASTON — Ah! pardon, je suis si distrait. *(Il l'embrasse et
part.)*

SCÈNE 4
Belle-maman, puis Geneviève

BELLE-MAMAN — Quel gendre, j'ai là. La perfection en ce
monde, aimant, prévenant, ne discutant jamais mes
ordres. Il ferait bon, d'ailleurs, qu'il vînt à discuter. Je ne
lui conseille pas de s'y frotter. Mais au fait, j'y pense, je lui
ai refusé tantôt de couper son pantalon. J'ai vu que cela
lui faisait de la peine. Vraiment, ce n'est pas un grand
travail. On coupe...voyons...combien? Ah! oui, trois pouces
et demi, on rentre les bords, on les colle et c'est fait. Je
vais lui rendre ce service, j'en ai pour quelques minutes,
surtout que précisément Euphémie vient de repasser et le
fer est encore chaud.

GENEVIÈVE, *entrant* — Tiens, Gaston est parti?

BELLE-MAMAN — Mais, oui, il était même en retard.

GENEVIÈVE — Et il est parti, sans m'embrasser même.

BELLE-MAMAN — Il m'a embrassée, ma fille, cela suffit.

GENEVIÈVE — Oui, pour vous peut-être, maman, mais pas
pour moi.

BELLE-MAMAN — Je te laisse, j'ai un travail de couture à
faire dans ma chambre.

SCÈNE 5
Geneviève, puis le marchand de pianos

GENEVIÈVE — Que m'importe à moi qu'il ait embrassé
maman, ce n'est pas moi. Et pourtant, je suis gentille

pour lui et il m'oublie souvent. Pour maman, c'est toujours Gaston par ici, Gaston par là. *(On sonne.)* Bon! qui est là à présent. Euphémie est sortie et je dois aller ouvrir. *(Elle sort et rentre peu après avec le marchand.)* Oui, monsieur, j'ai à vous parler du règlement de notre compte. Asseyez-vous, je vous prie.

BOULARD — Merci, madame. Mais jusqu'ici votre compte a toujours été payé très exactement. Je ne vois pas vraiment en quoi.

GENEVIÈVE — Vous ne me comprenez pas, monsieur.

BOULARD — Je ne vous comprends pas? Mais pardon, je comprends que vous craignez être en retard de paiement, alors que vous êtes en règle.

GENEVIÈVE — Nullement. Mon mari m'a dit ce matin que vous viendriez ce matin pour percevoir le montant dû pour le piano, et il a ajouté qu'il n'aimait pas les dettes, ce qui veut dire qu'il désire que je paie le montant complet dû encore sur le piano. C'est ce que j'ai cru comprendre.

BOULARD — Ah! alors c'est différent, madame.

GENEVIÈVE — À combien se monte notre compte à ce jour, et quel escompte nous donnez-vous en payant comptant.

BOULARD, *après calcul* — Il reste soixante-quinze dollars. Pardon, cent et soixante-quinze. Je vous enlèverais vingt-cinq dollars, ce qui vous ferait donc cent et cinquante dollars. Ce sont des conditions exceptionnelles.

GENEVIÈVE — Bien. Je vais chercher la somme en haut et je suis à vous. *(Elle sort.)*

BOULARD — Incroyable! Inouï! Petit salaire de cent dollars par mois et il peut ainsi donner cent cinquante dollars en une fois. Fiez-vous aux apparences. À moins que la belle-mère ne finance... Mais les belles-mères, c'est peu financier. Du moins, à en juger par la mienne. Si elle avait des dents fortes, je crois qu'elle couperait un sou en deux. Au nouvel an, j'attrape une cravate...et quelle cravate! Enfin...comme je ne la vois que très rarement je me console. Mais peut-être que celle-ci...

GENEVIÈVE, *entrant* — Voilà, monsieur. J'ai dû chercher car mon mari avait placé cette somme dans un autre tiroir. Qu'il sera donc heureux que cette affaire soit terminée; ces paiements mensuels le rendaient malade, comme moi du reste.

BOULARD — Je comprends si bien cela, madame. Rien de plus ennuyeux que des dettes. Je vais maintenant vous donner un reçu. *(Il écrit.)* Voilà madame. Et maintenant, il me reste à vous remercier. Si, parfois, il arrivait quelque chose à votre piano, croyez bien que nous serons toujours disposés à faire les réparations. Au revoir, madame, et au plaisir de vous revoir. J'espère que vous nous recommanderez.

GENEVIÈVE — Je ne vous reconduis pas, vous connaissez le chemin.

BOULARD — Certainement, madame. *(Il sort.)*

SCÈNE 6
Geneviève, puis belle-maman

GENEVIÈVE — Ce que mon gros loup sera heureux de voir que j'ai deviné son désir, de voir tout payé. Ces cent cinquante dollars devaient être une petite somme qu'il avait réservée pour cet usage. Peut-être qu'il s'est privé de différentes choses pour économiser cette somme. Pauvre chéri! Mais j'y songe, je n'ai pas été gentille pour lui ce matin. Il m'a demandé si gentiment de raccourcir son pantalon et j'ai dit ne point pouvoir le faire. Ce n'est pourtant pas bien difficile. On coupe trois pouces, on replie les bords et on les colle. Puis, on donne un coup de fer. Cela me prendra cinq minutes seulement et il sera si content. Allons-y. *(Elle se prépare à sortir.)*

SCÈNE 7
Geneviève et belle-maman

BELLE-MAMAN — Tiens, tu es là, ma fille?

GENEVIÈVE — Mais oui, maman, je viens de payer le compte du piano; l'agent vient précisément de sortir d'ici.

BELLE-MAMAN — Ah! c'est cela que j'avais entendu.

GENEVIÈVE — Restez-vous à la salle maintenant, maman? Pour moi, j'ai à monter car j'ai à terminer un petit travail de couture. Alors, si l'on sonnait et comme Euphémie est sortie, vous seriez bien aimable d'ouvrir.

BELLE-MAMAN — C'est cela. Je reste ici. *(Geneviève sort.)*

SCÈNE 8
Belle-maman et M. Zwanzeur

BELLE-MAMAN — C'est singulier. Ce matin, nous avons toutes deux un travail de couture à terminer. J'ai fini le pantalon; j'ai coupé trois pouces et mon gendre sera enchanté. Il est vrai qu'il était un peu trop long. Ah! si toutes les belles-mères étaient aussi dévouées pour leur gendre que je le suis, on verrait moins de drames de famille où le gendre tue froidement sa belle-mère. *(On sonne.)* Voilà encore un gêneur. Allons voir. *(Elle sort et revient avec le marchand.)* Ah! très bien, monsieur, vous tombez à pic. Donnez-vous la peine d'entrer.

ZWANZEUR — Vous êtes bien aimable, madame. Ainsi que j'ai l'honneur de vous le dire, je représente la célèbre maison Guéritout, frères et soeurs limitée, remèdes infaillibles pour tout genre de maladie.

BELLE-MAMAN — Maison Guéritout. C'est un bien beau nom.

ZWANZEUR, *sur le ton du boniment* — Madame, la maison Guéritout frères et soeurs limitée, fondée en l'an de grâce mil sept cent quatre-vingt seize, dans une modeste boutique du bas de la ville sut de suite capter la confiance du public par les guérisons spontanées, rapides, merveilleuses, extraordinaires, éternelles et toutes maladies. La maison sut même — et c'est la chose la plus incroyable, la plus fantastique, formidable — prolonger la vie, rendre une nouvelle jeunesse, faire pousser barbe et moustaches — c'était de mode alors — faire tomber les poils follets, enlever les dents sans douleur, fondre en un instant les plus récalcitrants des cors au pied, faire disparaître les taches de rousseur.

BELLE-MAMAN — Mais enfin, monsieur...

ZWANZEUR, *continuant* — Madame, le premier président de la république fit l'honneur à notre maison de venir lui-même acheter nos remèdes pour un catharre. Il guérit. Il guérit. Madame, il n'en eut plus jamais et quand le moindre rhume le menaçait, il accourait et venait prendre lui-même notre célèbre pommade à l'huile de cachalot, racine de gentiane, moutarde des tropiques, graisse de requin, dont voici: un échantillon. Le prix en est si dérisoire que j'ose à peine vous le donner. Je ne le vends pas, je le donne. À deux dollars le pot, et quel joli pot!

BELLE-MAMAN — Mettez-moi un pot. Mon gendre a le catharre et cela le guérira.

ZWANZEUR — Quoi? madame? Votre gendre a le catharre. Mais celui-ci doit sans doute s'accompagner de troubles névralgiques, de migraines, d'écoulements de nez, de bourdonnements d'oreilles, tout cela s'augmentant lorsque nous arrivent l'hiver et son triste cortège. Voici donc, madame, cet élixir incomparable composé de l'extrait de racines d'ébène de l'Afrique équatoriale, d'huile de baleine du Pacifique, de foie de requin de l'Atlantique, et d'herbes que peuvent, seuls, trouver les Indiens. Une bouteille de cet élixir, madame, rend la vie aux mourants, leur rend douce la mort et les endort dans un rêve de joie et de bonheur. Madame, à cinq dollars la bouteille, deux pour neuf dollars, c'est donné et je reprends les bouteilles pour vingt-cinq sous chacune. Deux bouteilles, n'est-ce pas?

BELLE-MAMAN — Oui, deux bouteilles. Mon gendre a tous les symptômes dont vous parlez et en tout cas s'il ne se guérit pas, comme vous le dites si bien, la mort lui sera plus douce.

ZWANZEUR — Mais, madame, avec votre bon coeur, vous pensez à votre gendre, mais comment pouvez-vous vous oublier vous-même? Votre teint de rose encore deviendrait d'incarnat au velouté de la pêche, vous rajeunirait de vingt ans, quoique vous paraissiez encore une vraie jeune fille.

BELLE-MAMAN, *minaudant* — Oh! monsieur, que vous êtes donc flatteur!

ZWANZEUR — Madame, ce que je dis, je le pense et ce que je pense, je le dis. Donc, madame, cette crème laiteuse, parfumée au santal...

BELLE-MAMAN, *interrompant* — Que dites-vous? parfumé aux sandales...mais des sandales, ça pue, ça...

ZWANZEUR — Madame a mal compris. Je dis au SANTAL. Un bois parfumé. Cette crème, donc, gardera à votre épiderme si délicat la fraîcheur de vingt ans; en couvrant vos mains de déesse, tout homme sera heureux de vous les baiser. Madame la Duchesse de Caracas en use un pot par mois et quoique âgée de quatre-vingt-cinq ans, elle n'en paraît que trente et encore! Le pot de cette crème incomparable se donne à quinze dollars le pot, soit deux pour vingt-cinq dollars. Deux petits pots, n'est-ce pas, madame?

BELLE-MAMAN — Oh! c'est trop cher. Mes moyens sont limités.

ZWANZEUR — Trop cher, madame? Trop cher, pour garder indéfiniment son charme, sa fraîcheur, sa beauté? Trop cher, madame, mais nous y perdons de l'argent; mais qu'importe, nous travaillons afin de donner à la femme cette éternelle jeunesse, cette fraîcheur digne des déesses de l'Olympe.

BELLE-MAMAN — Vous me garantissez l'effet?

ZWANZEUR — Si je le garantis. Mille fois, madame, et même par écrit. Si après avoir usé deux de ces petits pots, vous ne retrouvez le teint de vos vingt ans, je vous en donnerai deux autres. Mais ce sera inutile.

BELLE-MAMAN — Allons...donnez-moi deux petits pots mais c'est tout maintenant.

ZWANZEUR — Une dernière chose encore, madame, pour votre cher gendre. Je suis certain qu'il travaille trop et souffre beaucoup de la tête.

BELLE-MAMAN — Oui, en effet, très souvent.

ZWANZEUR — En ce cas, madame, bénissez la maison Guéritout, frères et soeurs limitée. Je lui apporte à ce cher gendre, le salut, la rénovation, la liberté d'esprit, en un mot, le bonheur absolu. Il fut un temps, madame, où tous nos hommes d'affaires se plaignaient de maux de tête, de reins, de dos. Le fondateur de la maison Guéritout, devant ce triste état de choses, se dit qu'il fallait remédier à cela. Il partit alors en Asie, tua des panthères noires, des boas constrictors, des éléphants, tout cela pour le plus grand soulagement de l'humanité souffrante. Que de fois il risqua sa vie dans la jungle.

BELLE-MAMAN — Mais c'est horrible, cela?

ZWANZEUR — Il étudia alors le sang de ces animaux — fit une analyse de leur foie et découvrit que ce sang et ce foie mêlés — ne le dites à personne — à du sang de nègre adulte seraient un remède qui révolutionnerait le monde, et il lui donna le nom de Négropanserfoi contenant le nom de tous les ingrédients. Cet élixir, madame, coûte chaque année la vie à quinze panthères noires, dix boas constrictors, sept éléphants sans compter six nègres et six négresses.

BELLE-MAMAN — Comment douze nègres? C'est affreux!

ZWANZEUR — Madame, les nègres sont faits pour cela. Le prix de ce remède est de quinze dollars la bouteille, les deux pour vingt-cinq dollars. Ce remède ne s'avale pas. Il se frotte. Deux bouteilles, madame?

BELLE-MAMAN — C'est trop cher. Et puis je n'ai pas l'argent sur moi.

ZWANZEUR — L'argent? Comment parler d'argent devant des remèdes pareils? Madame, je ne demande pas un sou maintenant. Dans huit jours, je repasserai; signez-moi seulement ce petit papier au nom de votre gendre.

BELLE-MAMAN — C'est que je ne sais pas s'il sera content.

ZWANZEUR — Content? Madame, il vous bénira, il vous sautera au cou pour voir ainsi pensé à sa santé. Signez donc, madame.

BELLE-MAMAN, *elle signe* — Je le fais pour le bonheur de mon cher gendre.

ZWANZEUR — Et maintenant, madame, il me reste à vous remercier et à vous dire que vous êtes la femme la plus fortunée du monde de vous être procurée ces remèdes. Dans huit jours, je repasserai et vous me direz le soulagement éprouvé par votre gendre; et quant à vous, je vous retrouverai comme un vrai bouton de rose. Mes hommages, madame.

BELLE-MAMAN — Je vous reconduis. *(Ils sortent.)*

SCÈNE 9
Geneviève, Gaston, puis belle-maman

GENEVIÈVE, *entrant* — Oh! la! la! Que sont donc tous ces petits pots et ces bouteilles? Élixirs, crème de beauté, Négropanserfoie. Qu'est-ce que cela veut dire? Et le duplicata signé pour mon mari. Soixante-trois dollars. C'est encore maman qui se sera laissée aller pour Gaston. Enfin, cela ne me regarde pas. Voilà le pantalon raccourci; mon gros loup sera bien content de mon travail. *(On entend marcher.)* Il me semble entendre la voix de Gaston. *(Elle va à la porte.)* Mais oui, il est avec maman. Comment revient-il donc déjà? *(Belle-maman et Gaston entrent.)* Comment donc reviens-tu déjà, Gaston?

GASTON — Je suis venu chercher des papiers dont jamais besoin. Bonjour ma petite chatte aimée.

GENEVIÈVE — Bonjour mon gros loup chéri. *(Il l'embrasse.)* Tu sais que tu m'en dois un pour ce matin. Tu es parti sans m'embrasser.

GASTON — Bien. *(Il l'embrasse.)* Voilà, nous sommes quittes.

BELLE-MAMAN — Ah! mon cher gendre; vous ne direz pas que je ne pense pas à vous. Vous avez un catharre, des maux de tête, des courbatures et tout le cortège de petites infirmités. Voici d'abord le Négropanserfoie.

GASTON, *hébêté* — Hein! Qu'est-ce que c'est que ça? Et ça coûte?

BELLE-MAMAN — Voici le compte que j'ai signé pour vous.

GASTON — Soixante-trois dollars. Mais mille millions de milliards de tonnerre de Brest.

BELLE-MAMAN — Vous ne paierez qu'à la fin de la semaine.

GASTON — Mais c'est fou! C'est ridicule! Je me porte comme un charme. Je n'ai jamais de mal de tête. Et vous avez signé pour moi?

BELLE-MAMAN — Dame, mon cher gendre je n'avais pas d'argent.

GASTON — Malheur de malheur! Enfin, j'ai encore en haut un peu d'argent.

GENEVIÈVE — Mais non, mon chéri; tu m'as dit que tu ne voulais plus de dettes et j'ai payé toute la somme encore due sur le piano, pour te faire plaisir.

GASTON — Ainsi tu as pris les cent cinquante dollars que j'avais en haut?

GENEVIÈVE — Mais oui, mon trésor; tout cela pour te faire plaisir?

GASTON — Mais cet arget devait servir au ménage. Je n'ai plus un sou maintenant ici. Vous vous êtes donc donné le mot pour faire tout à l'envers aujourd'hui?

BELLE-MAMAN — Voyez-vous, mon cher gendre, nous avons pensé vous faire plaisir.

GENEVIÈVE — Attends, je vais chercher ta chemise; tu verras comme elle est bien. *(Elle sort.)*

BELLE-MAMAN — Et moi, je vous ai fait une surprise.

GASTON — Dans le genre des petits pots de pommade?

BELLE-MAMAN — Je vous ai arrangé votre pantalon.

GASTON — Ah! cela compense un peu pour les pommades.
(La belle-mère sort.)

GASTON — Ah! malheur! Ces femmes trop zélées. On vous
croit malade et on vous fait acheter des remèdes. On
vous...

GENEVIÈVE, *entre avec une chemise tout amidonnée et
raide.* — Voilà ta chemise.

GASTON — Horreur! Mais je ne pourrai jamais la porter.
C'est dur comme du bois. Il ne fallait durcir que le devant.
Ma seule chemise d'habit. Que faire maintenant?

GENEVIÈVE — Et j'ai une autre surprise. J'ai arrangé ton
pantalon. *(Elle va pour sortir et se jette sur belle-maman
qui apporte le pantalon coupé de plus de sept pouces.
Gaston dit merci et le place devant lui.)*

GASTON — Miséricorde! Mais qu'avez-vous donc fait?

GENEVIÈVE ET BELLE-MAMAN — J'ai coupé.

GASTON — Vous avez toutes deux coupé plus de quatre
pouces. Mon pantalon est ruiné. Fini. *(Très excité.)* Oh! Je
deviens fou. Piano, pommades...élixirs...pantalon...
chemise... À moi! *(Il s'écroule dans un fauteuil. Les deux
femmes sortent chercher des sels.)*

SCÈNE 10
Les mêmes, Armand

ARMAND, *entrant* — Bonjour cher. Comme je passais, je
suis...mais dis-moi donc, qu'as-tu? Es-tu malade?

GASTON — Dis-moi, Armand, tu n'es pas encore marié?

ARMAND — Cette question...

GASTON — Tu n'es pas encore fiancé même?

ARMAND — Mais, où veux-tu en venir?

GASTON — Armand, mon ami, mon cher ami. Ne te marie

pas. Ne te marie jamais, si tu ne veux devenir enragé.

ARMAND — Mais explique-toi donc...

GASTON — Que veux-tu que je t'explique? Ma chemise est de bois. Mon pantalon coupé de huit pouces. On m'achète pour soixante-trois dollars de remèdes sous prétexte que je suis malade. On paie cent cinquante dollars sur un piano.

ARMAND — Je ne te comprends pas.

GASTON — Moi non plus, je ne me comprends pas. Mais ne te marie pas, mon très cher, surtout avec une femme ayant comme sa mère trop de zèle. *(Les deux femmes accourent avec des sels pendant que le rideau tombe.)*

RIDEAU

Le sang vert

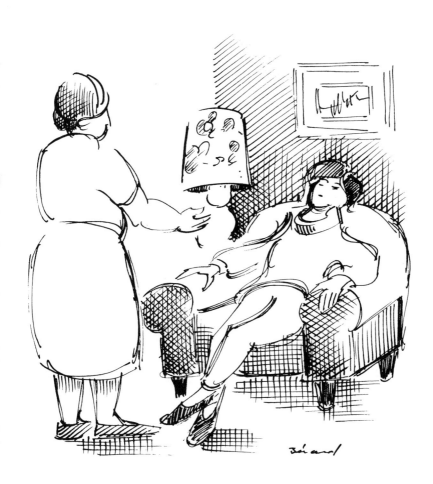

"En voilà un idée de s'endormir en plein jour. Ah! ces jeunes filles modernes ça ne peut se coucher le soir et ça s'endort pendant le jour."

La scène se passe de nos jours dans un lieu quelconque. Petit appartement simple mais de bon goût.

PERSONNAGES

Alberte du Roc
Gui de Rocroi, son cousin
Marie, tante d'Alberte
Paul du Four, ami de Gui

LE SANG VERT

GUI — Alors, Alberte, ma charmante cousine, c'est toujours la même réponse?

ALBERTE — Non, non, et non.

GUI — Alors. C'est oui.

ALBERTE — Que vous êtes agaçant, mon pauvre Gui.

GUI — Raisonnons: si c'est non, c'est donc oui. Je vous demande si c'est toujours la même réponse à celle que je vous fais de vous prier d'être ma femme.

ALBERTE — Et je vous réponds: non, non, et non.

GUI — C'est donc oui. C'est-à-dire que ce n'est pas la même réponse qui est non. Or, le contraire de non c'est oui.

ALBERTE — Faut-il m'expliquer plus clairement?

GUI — Comment donc. Mais certainement?

ALBERTE — Vous me demandez si je veux devenir votre femme et je vous réponds non, non, et non. C'est bien clair.

GUI — Oui, maintenant, c'est plus clair. Mais quelles sont vos raisons?

ALBERTE — Mais je vous les ai répétées mille fois déjà.

GUI — Cela fera donc mille et une.

ALBERTE — D'abord, je vous trouve fat.

GUI — Fat, moi? Et qu'appelez-vous fat? Est-ce fa dièze ou fa naturel?

ALBERTE — Bon. Faites de l'esprit à présent. Étudions le mot au dictionnaire. *(Ils prennent un dictionnaire.)*

GUI — Oui, cherchons. Ah! voici.

ALBERTE, *lisant* — FAT: adjectif qualificatif, n'a pas de féminin.

GUI — C'est pour cela que vous employez cet adjectif.

ALBERTE — Pourquoi?

GUI — Parce que n'ayant pas de féminin, je ne puis vous l'appliquer.

ALBERTE — Cela prouve au contraire que jamais une femme ne mérite cette qualification qui ne peut s'appliquer qu'aux hommes.

GUI — Oui, j'admets pour vous faire plaisir. Mais il est d'autre part un qualificatif masculin qui ne peut s'appliquer qu'au beau sexe.

ALBERTE — Ah! tiens... tiens... et lequel?

GUI — Bas-bleu. Il ne peut s'appliquer au sexe fort.

ALBERTE — Bon... bon. Lisons la définition de fat: *(Lisant.)* Sot; impertinent, qui affiche une trop haute opinion de lui-même; suffisant vaniteux, outrecuidant; qui a des prétentions auprès des femmes. Et voilà.

GUI — Alors, moi, je suis tout cela?

ALBERTE — Oui, tout. Ne vous en doutiez-vous pas, mon cousin?

GUI — Analysons ces mots, s'il vous plaît, ma cousine. Primo: le fat est un sot. Suis-je sot? Je suis licencié ès lettres et ès sciences. Donc cette qualification tombe d'elle-même. L'admettez-vous?

ALBERTE — Soit, je l'admets, vous n'êtes point sot.

GUI — Secundo: impertinent qui affiche une haute opinion de lui-même. Voyons, vous ai-je jamais parlé de moi hors pour vous dire les sentiments que j'éprouve pour vous.

ALBERTE — Peut-être.

GUI — Dites franchement: est-ce oui ou non?

ALBERTE — Allons, il faut bien avouer que c'est non.

GUI — Tertio: Vaniteux: Suis-je vaniteux? Ai-je une mise trop recherchée? Suis-je un petit marquis poudré, lustré, pommadé? On me reproche plutôt généralement le contraire. On me dit que je ne suis pas assez mondain.

ALBERTE — Allons, soit, passons le mot vaniteux.

GUI — Parfait. Quarto: outrecuidant. Ah! ça je ne le suis pas. Mais cherchons la définition exacte de outrecuidant. *(Ils cherchent.)* Outrecuidant: présomptueux, impertinent. Vous m'avez dit déjà que je n'étais point impertinent. Il reste donc présomptueux.

ALBERTE — Ah! vous admettez finalement une des qualifications.

GUI — Oui. Mais distingo, je distingue; je suis présomptueux parce que je prétends épouser une petite cousine très fière qui se croit sortie de la cuisse de Jupiter.

ALBERTE — Malhonnête. Vous l'êtes maintenant impertinent.

GUI — Merci. Toujours aimable et gracieuse. Voyons maintenant le quinte: qui a des prétentions auprès des femmes.

ALBERTE — Oui, j'ai des prétentions, mais auprès d'une seule femme, une seule et unique. Vous et pour le bon motif, qui est de faire de vous mon épouse légitime devant Dieu et devant les hommes. Est-ce être fat cela? Que d'aimer sa petite cousine; de lui dire qu'elle a les plus beaux yeux du monde; que son petit nez est adorable; qu'elle a le velouté de la pêche; que ses lèvres sont des cerises qui...

ALBERTE, *interrompant* — Voulez-vous que je vous dise, mon cousin?

GUI — Quoi? J'écoute.

ALBERTE — Vous m'en-nuyez, mon cousin. Bonjour. *(Elle sort.)*

GUI — Bonsoir, cousine Alberte. *(Il reste un peu surpris.)*

SCÈNE 2
Gui, seul, puis Paul

GUI — Et voilà, quand une femme se voit acculée au pied du mur, qu'elle n'a plus d'arguments à faire valoir, elle se sauve en vous criant: bonsoir. Ah! ma petite cousine, je vous dis que, malgré vous, je vous forcerai à me dire que vous m'aimez et ce jour même... Aux grands maux, les grands remèdes. J'attends mon ami Paul, et avec lui, je vais combiner une grande scène dramatique qui fera tomber dans mes bras ma petite cousine Alberte. Justement, Paul fait parfois un petit brin de cour à ma cousine sans nulle intention de l'épouser naturellement. Je vais donc simuler une scène de jalousie et une provocation en duel. Je serai blessé: à la vue du sang, elle se jettera dans mes bras, m'appelant son héros, car je sais qu'elle m'aime, sa tante me l'a dit; mais elle se figure que m'avouer son amour serait une défaite. *(Ici, il déclame les mots suivants, tandis que Paul entre sans être vu et l'écoute.)* Oh! femmes, femmes, que vous êtes insondables. Quels puits sans fond vous êtes. Oh! vous qui nous séduisez par vos regards enflammés. Oh femmes!

PAUL, *interrompant* — Non, mais des fois, mon pauvre, apprends-tu un rôle?

GUI — Non, je t'attendais, mon vieux.

PAUL — En récitant des vers?

GUI — Non, pardon, je m'adressais à toutes les femmes de l'univers. Je leur disais qu'elles sont toutes insondables. Et voilà!

PAUL — En somme, que veux-tu? Pourquoi ce téléphone? Je te croyais malade. J'étais en plein travail et tu me déranges beaucoup.

GUI — Il faut que nous nous provoquions en duel.

PAUL — Hein? Tu dis?

GUI — Que le duel ait lieu.

PAUL — Mais tu es absolument fou à lier.

GUI — Et que le sang coule sur mon bandage blanc.

PAUL — Je crains qu'il ne faille t'enfermer, mon pauvre.

GUI — Et de ce sang, germera pour moi le bonheur.

PAUL, *faisant mine de partir* — Adieu, je te verrai quand tu seras sain d'esprit.

GUI — Reste, te dis-je; tu comprendras. Assieds-toi; nous sommes seuls pour un moment. Tu sais que j'aime ma cousine Alberte à la folie.

PAUL — Cela se voit. Tu es complètement fou. Adieu. *(Fait mine de partir.)*

GUI — Reste, encore une fois; le temps presse. Je continue. Mais ma petite cousine ne veut pas m'avouer qu'elle m'aime.

PAUL — Ça, je le comprends parfaitement.

GUI — Mais non, tu ne comprends pas. Elle m'aime, mais elle ne peut se décider par une espèce d'orgueil, à me l'avouer. Je veux donc l'y forcer par un moyen irrésistible.

PAUL — Et tu crois que je vais t'aider dans tes sombres desseins? Adieu.

GUI — Mais reste donc, animal; laisse-moi t'expliquer mon plan. Tu partiras après si tu ne veux m'aider.

GUI — Écoute-moi donc: Tu fais de temps en temps un petit brin de cour à ma charmante cousine.

PAUL — Pardon, mon cher, c'est moi qui te gifflerai, si toutefois je marche.

GUI — Ah! non, tu as la main trop dure.

PAUL — C'est à prendre ou à laisser, c'est moi qui te gifflerai.

GUI — Allons, soit. Ce qu'il faut endurer quand on est amoureux. Bref, après le soufflet, je te provoquerai en duel. Elle accourra, tâchera d'apaiser notre querelle, mais nous refuserons de rien entendre et quitterons la salle en disant que nous allons nous battre sur-le-champ à l'épée. Après quelques minutes, nous reviendrons, toi, me soutenant, le bras en écharpe avec un bandage couvert d'encre rouge. Elle me proclamera son héros, m'embrassera et m'avouera son amour. As-tu compris?

PAUL — Et tu crois que cela marchera? Elle est pas mal fine mouche.

GUI — Je te garantis que cela marchera comme sur des roulettes.

PAUL — Mais où aura lieu le supposé duel?

GUI — Sous les grands arbres, là-bas. On ne voit rien d'ici.
Nous resterons quelques minutes dans le sous-sol où tu
m'arrangeras le bras et verseras de l'encre rouge sur le
bandage; tout est prêt, d'ailleurs, et il y fera assez clair
pour ce que nous avons à faire. *(Va vers le buffet.)* Voilà
l'encrier, mets-le en poche.

PAUL — Tu sais, mon vieux, c'est à tes risques et périls que je
joue cette comédie, mais gare à toi si elle rate. Nous
sommes fichus tous les deux. Moi, je me fais mettre à la
porte par ta vénérable tante, et toi, tu te fermes à jamais le
coeur d'Alberte qui sera furieuse de se voir ainsi jouée par
une comédie dramatique.

GUI — Ne crains rien. *(On entend du bruit.)* La voici qui
rentre.
Commençons. *(Ils prennent tous deux un air menaçant et
comique et la voix s'élève graduellement jusqu'à la gifle finale.)*

GUI — Comme je te l'ai dit déjà, il faut que tu cesses tes
assiduités auprès de ma cousine; cela me déplaît sou-
verainement.

PAUL — D'abord, monsieur, je vous prierai de ne plus me
tutoyer, et ensuite, je n'ai point d'ordres à recevoir de
vous. Je ferai ce qui me plaît.

GUI — Eh bien! moi je vous défends...

PAUL — A-t-on jamais vu me défendre à moi, moi qui en
soufflant sur vous, vous enverrais jusqu'aux nuages.

GUI — Essayez, je ne vous le conseille pas.

PAUL — Vous n'en valez pas la peine, vraiment. Quant à
votre cousine, je lui ferai une cour en règle et nous verrons
qui l'emportera, car j'ai bien plus de chance que vous,
petit avorton de rien tu tout.

GUI — Qu'avez-vous, vous, pour plaire à une femme. Atome
que vous êtes!

PAUL — Et vous, donc. vous êtes laid. Mal bâti, d'une intelligence médiocre pour ne pas dire complètement nulle. Je
plaindrais la femme qui serait assez folle de vous épouser.
La malheureuse!

GUI — Assez, hein! malotru. Ne me mettez pas en colère.

PAUL — Croyez-vous par hasard que je vous craigne? D'un coup de poing, je vous écrase comme une punaise.

GUI — Voulez-vous oui ou non filer d'ici et ne plus jamais y remettre les pieds. Coureur de cotillons.

PAUL — Je viendrai tant qu'il me plaira et tant que votre tante ne me chassera pas.

GUI.— C'est ce que nous allons voir, butor.

PAUL — Oui, c'est ce que nous verrons, mufle.

GUI — Goujat de bas étage.

PAUL — Paltoquet de dixième ordre.

GUI — Espèce d'âne.

PAUL — Vil faquin.

GUI — Avocat sans causes.

PAUL — Ah! ça! en voilà assez, ou je vous giffle.

GUI — Me giffler, moi, essayez seulement.

PAUL, *lui donnant un soufflet* — Voilà, j'ai essayé et vous l'avez senti.

GUI — Monsieur, je ne vous rendrai pas votre giffle, je me salirais les mains; mais je veux laver cette injure dans le sang. Nous allons nous battre en duel, et cela immé-di-a-te-ment, et sans témoins encore.

PAUL — Je suis à votre disposition, monsieur, et je vous percerai les tripes.

GUI — Quant à moi, je vous embrocherai comme un poulet. Allons, en route, les épées sont en bas.

PAUL — Et nous nous battrons commes des enragés jusqu'à ce que mort s'en suive.

GUI — Et je vous jure que je n'assisterai pas à vos funérailles.

PAUL — Et moi, je ne vous enverrai pas de couronne. Allons, en route.

SCÈNE 5
Les mêmes et Alberte

ALBERTE, *accourant* — Qu'ai-je entendu? Vous allez vous battre? Pourquoi?

GUI, *d'un ton dramatique* — Laissez-nous, Alberte, cet individu a osé me giffler et cette giffle sera effacée par son sang.

ALBERTE, *s'accrochant à Gui* — Non, non, mon Gui, par amour pour moi, ne va pas te battre. Je mourrai s'il t'arrive malheur.

GUI — Alberte, je pleurerai votre trépas si je ne meurs pas avant vous, mais cet individu doit me payer l'injure qu'il m'a faite.

PAUL — Et il mourra avant vous.

ALBERTE — Paul, je vous supplie, faites-lui des excuses et redevenez amis.

GUI — Oui, en route.

ALBERTE, *s'accrochant aux deux* — Pitié, non, ne vous tuez pas, il est à moi ce Gui, à moi seule, je l'aime. Ah! *(Elle va s'écrouler dans un fauteuil pendant que les autres partent.)*

SCÈNE 6
Alberte, seule, puis la tante

TANTE, *entrant et voyant Alberte sans connaissance* — Eh bien! Alberte, tu t'es endormie... *(Silence.)* En voilà un idée de s'endormir en plein jour. Ah! ces jeunes filles modernes ça ne peut se coucher le soir et ça s'endort pendant le jour. *(La regardant.)* Mais elle me paraît bien pâle, mauvaise digestion peut-être. Aussi, manger des champignons, le soir, à minuit. Je vous le demande, cela a-t-il du bon sens? Heureusement qu'elle n'a pas ingurgité de pâté de foie gras. Elle dormirait pour huit jours. Il

faut pourtant bien que je la réveille. Alberte, *(La
secouant.)* Alberte, réveille-toi donc.

ALBERTE, *à demi-consciente* — Non, ne vous battez pas, non,
il ne faut pas.

TANTE — Bon, voilà qu'elle a un cauchemar. Ah! tous ces
romans qu'elle lit lui tournent la tête. Ces romans
policiers, où l'on se tue et se bat.

ALBERTE — Non, je vous en supplie, ne le tuez pas, je l'aime.

TANTE, *la secouant* — Mais qu'est-ce qui te prend donc? Qui
veut-on tuer?

ALBERTE, *revenant à elle* — Ah! ma tante, il va le tuer, j'en
suis sûre.

TANTE — Mais oui,il va le tuer, dans le roman que tu lis, des
farces.

ALBERTE — Mais non, ma tante, ils se battent; venez vite, il
faut arrêter ce duel.

TANTE — Tu n'as qu'à écrire au romancier.

ALBERTE — Mais le romancier n'a rien à y faire. Je te dis
qu'ils vont se massacrer, leur sang va couler, ils vont
s'embrocher.

TANTE — Mais tu deviens donc folle, ma fille.

ALBERTE — Non, je vous dis. Ils sont partis avec des épées,
je vous assure qu'il veut son sang, il va le tuer.

TANTE — Enfin, divagues-tu ou rêves-tu?

ALBERTE — Ah! ma tante, Gui et Paul se sont disputés à
cause de moi; ils se sont gifflés, et maintenant, ils se
battent à l'épée.

TANTE, *d'un air effrayé* — Quoi! que dis-tu, Paul... Gui... un
duel... où... où... dis vite.

ALBERTE — Je ne sais pas. Ils sont partis. Ils vont se tuer.
*(Toutes deux courent éperdues de la fenêtre à la porte, et
vice-versa.)* On ne voit rien à la fenêtre. Ils sont tués, tous
les deux.

TANTE — Viens, courons au jardin.

*(À ce moment la porte s'ouvre et Paul entre soutenant
Gui. Celui-ci a un bandage au bras, bandage tout couvert
d'encre verte. Il a sa veste au-dessus de tout, de manière à
ce que l'on ne voie pas le bandage.)*

SCÈNE 7
Les mêmes, Paul et Gui

ALBERTE — Gui, mon Gui. Tu es blessé.

PAUL, *faisant signe d'être calme* — Il est un peu faible; je lui
ai transpercé le bras; mais nous nous sommes réconciliés
sur le terrain.

ALBERTE — Assassin, je vous hais. Vous voulez le tuer.
Infâme.

PAUL, *en plaçant Gui sur le sofa* — Du calme, il ne demande
que du repos.

ALBERTE, *se mettant près de Gui* — Gui, mon Gui, montre-
moi ton bras.

GUI — Non, non, ne touchez pas.

PAUL — Attendez qu'il revienne à lui.

ALBERTE — Gui, mon amour, reviens à toi. Tu sais que je
t'aime.

GUI, *ayant l'air de revenir à lui* — Aie, aie, mon bras, Oh!
Alberte, ma bien-aimée, dis-moi que tu m'aimes.

ALBERTE — Oui, tu le sais, je t'aime tout plein.

TANTE, *à part, en examinant le blessé* — Il me semble qu'il y
a du louche là-dessous. Pour un blessé, il a une mine
superbe, meilleure que jamais.

ALBERTE, *soulevant la veste, elle regarde et reste ébahie,
puis se levant subitement* — Ma tante, enlevez-lui donc le
veston qu'il a sur les épaules avec soin. Il faut absolument qu'on arrête le sang.

PAUL — Non, non, dès qu'il sera mieux, je vais le mener chez le docteur.

TANTE, *s'approchant et enlevant le veston* — Pauvre enfant, je vais... *(Elle voit le bandage et la manche de chemise couverte d'encre verte.)*

GUI — Ne regardez pas ce sang, ma tante, vous allez faiblir.

TANTE — Regardez-le vous-même votre sang. C'est horrible.

GUI, *regardant et voyant le vert* — Seigneur, mon sang est devenu vert.

PAUL, *à part* — Fichtre, il s'est trompé d'encrier.

ALBERTE — Ah! monsieur Gui, vous avez voulu jouer une petite comédie. *(Elle va au buffet et trouve l'encrier avec l'encre rouge.)* Vous vous êtes trompé d'encrier dans l'obscurité.

TANTE — Je le disais bien qu'il y avait du louche là-dessous.

PAUL — Mademoiselle Alberte, l'amour qui le consume...

ALBERTE — Vous, je ne vous demande rien. C'est probablement votre génie qui lui a inspiré cette comédie?

PAUL — Pardon, c'est lui et lui seul qui a imaginé cette mise en scène.

ALBERTE, *à Gui* — Ainsi donc, c'est vous, comédien, qui avez...

GUI — Pardonnez-moi, Alberte, je ne pouvais arriver à obtenir de vous l'aveu de votre amour pour moi et...

ALBERTE — Moi, vous aimer? On n'aime pas un petit monsieur qui a le sang vert.

PAUL — Mademoiselle Alberte, je vous en conjure, c'est l'amour qui...

ALBERTE — Je vous ai déjà dit de vous taire. Vous êtes plus coupable que lui.

PAUL — C'est cela, obligez un ami, et tout vous retombe sur le dos. Il fera chaud avant que l'on m'y reprenne encore. Au revoir. *(Il sort.)*

TANTE — Vous donner ainsi des palpitations de coeur. C'est infâme. Il faut que j'aille respirer des sels. Je me sens devenir malade. *(Elle sort.)*

SCÈNE 8
Alberte et Gui

(Tous deux restent silencieux un moment comme boudant.)

GUI — Alberte.

ALBERTE — Comment avez-vous l'audace de me parler? Vous m'avez cru bien naïve.

GUI — Pardonnez-moi, c'est d'ailleurs la faute de l'encrier.

ALBERTE — Et vous regrettez encore de vous être trompé d'encrier. Mais vous ne pensez pas que si votre sang avait été rouge au lieu de vert, j'en eus pu avoir une attaque, et j'en fus morte.

GUI — C'est donc que vous m'aimez, Alberte?

ALBERTE — Vous avez de l'audace de vous figurer cela après votre comédie.

GUI — Mais vous m'avez dit vous-même avant le duel que vous m'aimiez.

ALBERTE — Moi? Moi je vous ai dit cela?

GUI — Oui, vous, vous-même, Alberte.

ALBERTE — C'est que je croyais alors vraiment que vous alliez vous battre par amour pour moi. Vous étiez mon héros. J'étais fière de vous car j'avais entendu le début de votre querelle et je savais que c'était pour moi que vous alliez risquer votre vie. Le héros est devenu un farceur.

GUI — Alberte, être comédien par amour, n'est-ce pas déjà quelque chose? Et le but que je voulais atteindre n'a-t-il pas été atteint?

ALBERTE — Oui, celui de vous moquer de ma crédulité.

GUI — Non, Alberte, celui de vous faire dire ce que jamais vous m'avez voulu dire ni m'avouer. *(Il lui prend la main.)* Dis, ma petite cousine tant aimée, me pardonnes-tu?

ALBERTE — Je ne devrais pas vous pardonner, jamais, mais puisque j'ai laissé échapper des mots compromettants, je suis bien obligée de te pardonner mon méchant garçon.

SCÈNE 9
Les mêmes, Paul et la tante

Paul, *entrant avec un grand pot sur lequel on lit: couleur rouge* — Tiens, mon vieux, si tu veux encore recommencer un duel, voici un pot de couleur.

TANTE, *entrant avec un pinceau* — Mon cher neveu, voici un pinceau qui vous permettra de faire un meilleur travail dans un duel.

ALBERTE — Inutile maintenant, car je viens de donner ma main à...

GUI — La main seulement?

ALBERTE — Laisse-moi achever... et mon coeur, à Gui, mon fiancé au sang vert.

RIDEAU

Repassage à neuf

"*Ah! enfin! Quel fichu métier, être repasseur de linge alors que ma profession est d'être pâtissier. Aussi, que diable suis-je venu faire dans ce patelin de trente-cinq maisons où tout le monde fait ses pâtisseries.*"

La scène se passe dans une place nouvellement ouverte à la colonisation. Elle représente un intérieur de buanderie primitif: cordes où pendent des vêtements; linge à terre; planche à repasser, etc.

PERSONNAGES

Madame Pignouf, la patronne

Gustave, son employé

Monsieur Potvert, un client

Le shériff du village

REPASSAGE À NEUF

SCÈNE 1
Madame Pignouf et Gustave

Au lever du rideau, Gustave entre, un fer à repasser à la main. Il est en tablier blanc et porte sur la tête une toque de pâtissier.

GUSTAVE — Ah! voilà au moins un fer bien chaud. Quel malheur que de n'avoir pas l'élect... l'élec... Diable, je bafouille; l'é-lec-tri-ci-té. Ah! enfin! Quel fichu métier, être repasseur de linge alors que ma profession est d'être pâtissier. Aussi, que diable suis-je venu faire dans ce patelin de trente-cinq maisons où tout le monde fait ses pâtisseries. Et quelles pâtisseries encore? Grands dieux! de vrais pavés avec des raisins, des figues, des dattes, et même de l'amoniaque. Ah! Vatel, où sont mes Saint-Honorés, mes gâteaux au moka, mes nougats. Ah! où êtes-vous? Au lieu de cela, je dois repasser des chemises, laver et repasser des caleçons, des mouchoirs, et quels mouchoirs? Heureusement que j'ai bon caractère et travaille tout en chantant. *(Il chante à tue-tête.)*

PIGNOUF, *accourant* — Gustave, je vous ai déjà dit mille fois que pendant le travail il ne fallait pas gueu...

GUSTAVE, *interrompant* — Patronne, ne dites pas ce mot. Sans quoi, je vous quitte... Je chante, patronne, je chante, je suis un second Caruso.

PIGNOUF — Oui, Calypso, vous avez une tête de Calypso.

GUSTAVE — Je dis CA-RU-SO et non Calypso, patronne.

PIGNOUF — L'un ne vaut pas mieux que l'autre pour moi.

GUSTAVE — Merci pour lui et pour elle.

PIGNOUF — Pourquoi dites-vous pour elle?

GUSTAVE — Apprenez, patronne, que Caruso était un homme et Calypso était une femme.

PIGNOUF — Ah! et ils étaient mariés ensemble?

GUSTAVE — Ah! patronne! patronne! vous écorchez l'his toire. Calypso était une nymphe, une déesse, quoi!

PIGNOUF — Je m'en bats l'oeil de l'histoire et de votr Calypso. Et dites-moi, au lieu de me raconter des baliver nes, allez-vous commencer le linge de M. Potvert, ce clien de passage à notre village à Vazyvoir?

GUSTAVE — J'achève le caleçon de M. Ribouis ou plutôt des pièces formant le caleçon de M. Ribouis et j'attaque la chemise de M. Potvert; c'est d'ailleurs la dernière pièce du beau linge à ce client. *(Il chante.)*

PIGNOUF — Mais taisez-vous donc. Vous faites fuir la clientèle.

GUSTAVE — Patronne, sans mes chants, le caleçon Ribouis aurait bien plus de trous.

PIGNOUF — Que voulez-vous dire, Gustave?

GUSTAVE — Dame, en chantant, j'y mets des morceaux.

PIGNOUF — Quels morceaux y mettez-vous?

GUSTAVE — Bin, c'te question... des morceaux de musique.

PIGNOUF — C'est bin malin ce que vous dites là...

GUSTAVE — Patronne, l'esprit n'est pas donné à tout le monde *(Il chante l'air de l'enclume du Trouvère.)*

PIGNOUF — Mais taisez-vous donc, sapristouche.

GUSTAVE — Patronne, j'achève. Je viens d'y boucher le trouvère *(trou vert)* cela le fera Rigoletto *(rigoler tôt)* puis on le mettra dans Lohengrin *(l'eau en grain)* et Aïda avec l'Africaine et Lucie de Lammermoor le sécheront au Pré-aux-clercs pour Othello *(ôter l'eau)*. Puis le barbier de Séville et Manon...

PIGNOUF — Que me racontez-vous donc là? Je ne com-prends pas.

GUSTAVE — Je dis, patronne, que j'ai fini le caleçon et je vous le dis en termes d'opéra. Le voilà. Je l'ai repassé de telle manière que l'on ne voit plus les pièces. Et main-tenant, je vais repasser la belle chemise de soie de M. Pot-vert, mais je vais avant tout chercher un autre fer plus chaud. Celui-ci s'est refroidi au contact du coton trop froid. *(Il sort.)*

PIGNOUF, *pendant l'absence de Gustave, Mme Pignouf arrange la chemise sur la planche* — Je me demande vraiment si ce garçon n'a pas une araignée au plafond. Il ferait bien parfois d'agir comme la Muette de Portici.

GUSTAVE, *entrant avec un autre fer* — Cela va faire un travail épatant. *(Il met le fer sur la chemise et se brûle.)* Aie!!! Aie!!!

PIGNOUF — Qu'est-il arrivé? Vous m'effrayez.

GUSTAVE — Aie! Mille millions de mille millions de cartouches.

PIGNOUF — Mais qu'avez-vous donc?

GUSTAVE, *courant partout* — Il y a que je me suis brûlé le doigt et comment?

PIGNOUF — Mettez vite de l'huile ou du beurre et un petit linge.

GUSTAVE, *voyant de loin le fer qui brûle la chemise* — Oh! ça brûle, ça brûle.

PIGNOUF — Quoi? Ça brûle tant que ça?

GUSTAVE — Non, non, ce n'est pas mon doigt, c'est la chemise qui brûle.

PIGNOUF — Enlevez donc le fer, animal.

GUSTAVE — Quel animal, patronne?

PIGNOUF — Je vous dis d'ôter le fer. Il va brûler toute la chemise et la table.

GUSTAVE — Ah! *(Il ôte le fer.)* Eh bien! pour un trou, c'est un beau trou, bien regulier, avec de belles petites bordures dentelées.

PIGNOUF — Imbécile, une belle chemise de soie. Butor.

GUSTAVE — Ah! ce n'est plus le trouvère mais le trou noir.

PIGNOUF — Comment avez-vous encore l'audace de rire devant un tel malheur?

GUSTAVE — Patronne, je ne ris pas, mais je constate que le malheur est réparable.

PIGNOUF — Oui, faites le malin. Vous paierez cette chemise au client.

GUSTAVE, *se frappant le front* — Eureka, eureka, patronne. Une idée mirobolante vient d'éclore en mon cerveau. Attendez. *(Il sort et revient avec un pot sur lequel on lit: Colle.)* Et voilà, nous allons artistement coller un morceau sur le trou. *(Il va prendre les ciseaux.)*

PIGNOUF — Mais vous n'avez pas de morceau pareil.

GUSTAVE — Voyez. *(Il coupe un morceau dans un des pans.)* Voilà. Je dégarnis Saint-Paul pour garnir Saint-Pierre.

PIGNOUF — Mais malheureux, que faites-vous?

GUSTAVE — Patronne, je vous le dis, je répare... je répare... il n'y verra que le feu, ou plutôt, il n'y verra plus le feu. *(Il colle le morceau.)* Là, ça y est. Qu'un fer chaud remplace maintenant le fer froid. *(Il sort.)*

PIGNOUF — Miséricorde! Pauvre chemise! Que va dire le client? Pourvu qu'il ne voie pas le trou. Le tout sera de plier la chemise artistement.

GUSTAVE, *rentrant* — Voilà, patronne. Un bon petit coup de fer pour faire sécher la colle, puis partout un autre petit coup de fer et cela fera la rue Michel. Quant au reste, tout est terminé. Il sera enchanté le client.

PIGNOUF — Comment? tout est fini?

GUSTAVE — Dame, j'ai travaillé ce matin tandis que vous laviez.

PIGNOUF — Et tout est en bon état?

GUSTAVE — Oh oui! à part un caleçon. J'ai toujours du malheur avec les caleçons.

PIGNOUF — Quel miracle avez-vous encore fait?

GUSTAVE — Consolez-vous, patronne, ce n'est pas un miracle. C'est même une chose toute simple et naturelle. Voici: Comme le fer chauffait plus que de raison, il a brûlé une jambe du caleçon. Pour que le client ne s'en aperçoive pas, j'ai coupé l'autre jambe et de cette manière les deux jambes sont de la même longeur. Il faut avoir fait de la géométrie et avoir le compas dans l'oeil pour couper exactement la même longueur.

PIGNOUF — Y a-t-il beaucoup de brûlé?

GUSTAVE — Oh! non... environ vingt pouces. Mais voici, quand le client viendra avant de prendre son train, nous lui donnerons son petit paquet bien emballé. Voilà la chemise finie, pliez-la avec le beau côté devant. Voici maintenant le reste du linge et avec cela un joli petit papier et de la jolie petite ficelle. *(Ils travaillent tous deux au paquet.)*

PIGNOUF — Attendez, je vais faire un beau petit noeud avec la ficelle.

GUSTAVE — Si le client n'est pas content d'un si joli petit paquet, c'est qu'il est bien difficile. Et combien allez-vous demander pour ce travail?

PIGNOUF — Je crois que cela vaut bien huit dollars.

GUSTAVE — Demandez donc dix dollars. Il y a pour cinquante sous de colle: et je ne compte pas mon doigt brûlé ce qui vaut deux dollars.

PIGNOUF — Bon. On lui demandera d'ailleurs dix dollars, c'est un pays neuf, et nous ne reverrons plus jamais l'oiseau.

GUSTAVE — Vous pouvez être certaine qu'il nous enverra jamais de clients.

PIGNOUF — Surtout, quand en chemin de fer il ouvrira son beau petit paquet.

GUSTAVE — Je voudrais voir sa tête quand il trouvera sa chemise et son caleçon. Je suis bien sûr...

SCÈNE 2
Les mêmes avec le client Potvert.

POTVERT, *entrant* — Bonjour, madame Pignouf.

PIGNOUF, *minaudant* — Bonjour monsieur Potvert. Je ne m'attendais pas à vous voir si tôt. Donnez-vous donc la peine de vous asseoir. Votre train va-t-il bientôt partir?

POTVERT — Non, je reste jusqu'à demain, ayant une affaire à traiter ici ce soir.

PIGNOUF — Quel dommage que nous n'ayez pas su cela plus tôt; nous eussions pu soigner davantage votre linge. Mais puisque vous ne partez que demain, nous allons garder le paquet et le refaire mieux. Nous étions si pressés.

POTVERT — Non, non, je suis certain qu'il est parfait. Donnez-moi mon paquet, je vais aller me changer à l'hôtel et vous donnerai mon linge à faire.

GUSTAVE, *à part* — Y va y avoir du grabuge et de la casse ici.

POTVERT — Et combien vous dois-je, madame Pignouf?

PIGNOUF, *comptant sur un papier* — Voyons: deux caleçons, deux dollars; une chemise, quatre dollars, un col, un dollar; six mouchoirs, trois dollars cela fait dix dollars.

GUSTAVE — Et je ne compte pas mon doigt brûlé.

POTVERT — Que dit-il le bonhomme?

GUSTAVE — Pardon! Monsieur Gustave Chiblouk, maître pâtisseur et repasseur.

POTVERT — Par amour de l'art, je suppose?

GUSTAVE — Oui, par amour du lard, tout ce que l'on a à bouffer dans la boîte à la mère Pignouf.

POTVERT — Mais vous voulez plaisanter, madame Pignouf? Dix dollars. C'est un vrai vol. Je vous donne cinq dollars et c'est bien trop encore.

PIGNOUF — C'est dix dollars et pas un sou de moins ou je garde le linge. Toute la matière première coûte très cher ici.

POTVERT — Vous pouvez compter que je vous enverrai des clients.

GUSTAVE, *cérémonieusement* — Monsieur est bien bon.

POTVERT — Vous, le jocrisse, fichez-moi la paix, hein!

GUSTAVE — Dites donc, vous, nous n'avons pas gardé les cochons ensemble.

POTVERT — Non, vous y avez suffi tout seul. Qui s'assemble se ressemble.

PIGNOUF — Est-ce pour moi que vous dites cela?

POTVERT — Prenez-le comme vous voulez. Et donnez-moi mon paquet. Voici cinq dollars.

PIGNOUF — Je veux dix dollars ou pas de paquet.

GUSTAVE — Et deux dollars pour mon doigt brûlé.

POTVERT — Bien, madame. Nous nous reverrons tantôt. Serviteur. (Il sort.)

SCÈNE 3
Gustave et Madame Pignouf

Tous deux restent hébêtés un moment et se regardent.

GUSTAVE — Eh bien! patronne! Nous sommes dans de beaux draps.

PIGNOUF — Ce que je pense, moi, c'est qu'il va nous laisser le linge pour compte.

GUSTAVE — C'est bête d'y avoir fait un trou; cette belle chemise était tout juste de ma taille. Quant aux caleçons, l'un m'aurait servi et l'autre je l'aurais gardé comme costume de bain.

PIGNOUF — Comme vous savez si bien coller, vous n'aurez qu'à recoller une jambe.

GUSTAVE — En tout cas, patronne, il vaudra mieux attendre jusqu'à demain, et si je puis vous donner un conseil, c'est de fermer boutique au plus tôt jusqu'à ce que le Potvert ait pris son train demain matin.

PIGNOUF — Oui. Vous avez raison et l'on va se débiner.

(À ce moment la porte s'ouvre et Potvert entre avec le shériff.)

SCÈNE 4
Les mêmes et le shériff

GUSTAVE, *à part* — Zut de zut. Voilà le client avec le shériff. Je vais me débiner. *(Il va pour sortir.)*

SHERIFF — Hé, vous là-bas, le cuisinier? Restez ici, faut s'expliquer avant de filer.

GUSTAVE — Oh! je ne partais pas, j'allais chercher un fer chaud. *(À part.)* Oh! le vilain bonhomme. Je suis bien pris ici.

SHERIFF — Vous le prendrez tantôt votre fer; vous devez entendre d'abord la plainte de M. Potvert, votre client. Parlez. M. Potvert.

POTVERT — Eh bien, voilà; hier, je suis venu apporter à ces gens-là...

PIGNOUF, *interrompant* — Vous pourriez bien dire à cette dame-là.

GUSTAVE — Et à ce monsieur-là...

POTVERT — À ces gens-là, du linge à laver et à repasser: deux caleçons, une chemise, six mouchoirs, un col, en somme très peu de linge.

SHERIFF — Vous dites? Veuillez recommencer la liste et plus lentement afin que je puisse inscrire au cas où nous irions en cour.

POTVERT — Bien. *(Lentement.)* Deux caleçons, six mouchoirs, une chemise, un col et tout en très bon état, même neuf, car lorsque je voyage je ne prends que du neuf.

SHERIFF, *notant* — Le tout en très bon état.

POTVERT — Je viens donc chercher mon linge tantôt et cette femme...

PIGNOUF, *interrompant* — Cette dame, je vous prie.

GUSTAVE — Et ce monsieur, s'il vous plaît...

POTVERT — Cette femme me réclame: devinez, shériff. Devinez combien elle réclame... mais là, une forte somme.

SHERIFF, *lisant la liste* — Voyons, deux dollars.

POTVERT — Deux dollars! Deux dollars! DIX... DIX...
shériff. DIX... vous entendez? Je lui ai offert cinq dollars
et elle a refusé disant que je n'aurais mon linge que contre
dix dollars.

SHERIFF — Voyons, où est ce fameux linge?

PIGNOUF — Oh! Je ne veux pas d'histoire. Voilà votre
paquet et donnez-moi deux dollars. Des clients comme
vous, on n'en veut plus.

GUSTAVE, à part — J'aurais pris un dollar, moi.

SHERIFF — Donnez-moi ce paquet, nous allons examiner la
marchandise.

GUSTAVE, *à part* — Bon. Ça va chauffer quand on verra le
linge.

SHERIFF, *passant le paquet à Potvert* — Ouvrez et nous
allons voir si tout est en règle, et je fixerai moi-même le
prix à payer.

POTVERT — Bien, shériff. *(Il ouvre le paquet.)* Les mouchoirs sont bien au complet. Le col, très bien. Ce caleçon,
très bien. *(Il déplie les caleçons.)* Oh! Oh! Qu'est-ce que
cela veut dire? Ce n'est pas un caleçon, mais un costume
de bain. Voyez donc, shériff.

PIGNOUF — Je vais vous dire, shériff, c'est un caleçon de
très mauvaise qualité et sitôt dans l'eau, il s'est rétréci.

GUSTAVE — Oui, rétréci; le savon, l'eau est très dure ici et le
linge rentre en lui-même.

SHERIFF — Mais comment l'autre n'est-il pas rétréci?

PIGNOUF — Ça c'est l'effet du hasard.

POTVERT — Voyez donc, shériff, ce caleçon a été coupé.

GUSTAVE — Oui, coupé, je vous dis, l'eau est si dure ici, elle
coupe tout, même les caleçons, et surtout les caleçons de
laine. Crac, à peine on les met dans l'eau qu'on les voit
rétréci.

SHERIFF — Oui, contez cela à d'autres qu'à un vieux du
pays. M. Potvert, mettez cet objet à part, Mme Pignouf
vous en payera un nouveau.

PIGNOUF — Mais shériff, je vous dis.

SHERIFF — Ne rouspétez pas, vous, ou gare la prison... ce n'est pas la première fois que vous tâchez de voler les étrangers qui viennent dans notre village de Vazyvoir... Et ce sera la dernière, je vous l'assure.

GUSTAVE — Je vous répète, Sheriff, l'eau ici est —

SHERIFF — Vous, le cuisinier, taisez-vous, hein! ou gare la prison pour impolitesse envers l'autorité que je représente.

POTVERT, *dépliant la chemise* — Oh! ça... c'est scandaleux... honteux...

SHERIFF — Qu'y a-t-il encore?

POTVERT — Ce n'est pas coupé c'est l'eau aussi qui a coupé.

GUSTAVE — Oui, l'eau dure...

POTVERT — Cette pièce au milieu du dos a été brûlée et on a coupé un morceau du pan pour prendre une pièce et l'appliquer avec de la colle. Ce n'est même pas encore tout à fait sec.

GUSTAVE — Je m'y suis horriblement brûlé le doigt.

POTVERT — Je me fiche de votre doigt, le jocrisse.

GUSTAVE — Soyez poli, hein, sinon...

SHERIFF — Taisez-vous, le cuisinier. Dites, M. Potvert, votre chemise était-elle en parfait état quand vous l'avez donnée?

POTVERT — Je vous ai dit qu'elle était neuve.

GUSTAVE, *à part* — La voilà la guigne.

SHERIFF — Ainsi, vous vouliez lâchement voler un pauvre étranger qui a eu confiance en vous. Quelle réputation aura notre village de Vazyvoir dans le pays? Alors que depuis sa fondation il n'y a pas eu le moindre vol, pas même le moindre crime. Mais il y a une justice dans notre village; et vous allez vous en apercevoir bientôt. M. Potvert, combien avez-vous payé cette chemise?

POTVERT, *à part* — À mon tour maintenant. *(Au shériff.)* Je l'ai payée quinze dollars à Montréal.

PIGNOUF — Quinze dollars. Cette guenille-là. C'est un vol...

SHERIFF — Ne parlez pas de vol, vous. C'est moi la justice ici. Donc, quinze dollars, et je le crois. C'est du beau linge. Bien, et le caleçon?

POTVERT — C'est un caleçon de laine que j'ai fait tisser pour moi avec la laine de mes moutons; il vaut dix dollars.

GUSTAVE — Ah! ça c'est un vol; j'ai le même pour cinquante sous ici au magasin.

SHERIFF — Silence, le cuisinier. Dix dollars et quinze ça fait vingt-cinq; plus dix dollars pour les frais du shériff. Cela fait trente-cinq dollars. Allons, femme Pignouf, payez.

PIGNOUF — Moi, que je vais payer... jamais. C'est Gustave qu'a fait le trou.

GUSTAVE — Pardon, Mme Pignouf, je suis l'engagé et vous êtes responsable.

SHERIFF — Ça c'est vrai. Allons, payez ou en route pour la prison et la cour.

PIGNOUF — Mais je suis ruinée. *(Elle va chercher l'argent et paie.)*

SHERIFF — Cela ne me regarde pas. Et une autre fois que je ne vous prenne plus. Au revoir, madame Pignouf.

POTVERT — Au revoir, chère madame Pignouf, et vous le jocrisse. *(Ils sortent.)*

PIGNOUF — Et toi, misérable pâtissier, hors d'ici.

GUSTAVE — Et mes gages, chère madame Pignouf.

PIGNOUF — Tes gages... à la semaine des quatre jeudis.

GUSTAVE — C'est bien, je reviendrai avec le shériff. *(Il sort majestueux.)*

PIGNOUF — Ah! Voilà, soyez bonne pour les clients et les engagés.

RIDEAU

Un monsieur très économe

*"Madame, c'est un bonhomme qu'est là avec un' machin
comme qui dirait une chaise berçante en tapisterie."*

La scène se passe chez M. et Mme Durasoir. Salon simple; à droite une porte allant à la cuisine, à gauche, porte des chambres. Au fond, porte menant au vestibule.

PERSONNAGES

Monsieur, type naïf par excellence, 50 ans

Madame, plutôt gendarme, 45 ans

Adèle, bonne, très campagnarde

Une commissionnaire, plus intelligent qu'il ne le paraît

UN MONSIEUR TRÈS ÉCONOME

SCENE 1
Madame et Adèle

MADAME — Bon, voilà encore Adèle qui fait des siennes. Encore de la vaiselle cassée. *(Appelant)* Adèle... Adèle...

ADÈLE — Madame, all' m'aurait appelée par hasard?

MADAME — Qui voulez-vous donc que j'appelle? Il n'y a pas deux Adèle ici.

ADÈLE — Non, mais p't'être ben qu'j'avions pas très ben entendu?

MADAME — Oui, c'est bon. Vous avez encore cassé de la vaisselle selon votre habitude?

ADÈLE — Moué? Pour sûr que nenni. J'avons pas cassé une seule assiette.

MADAME — Tout ce vacarme à la cuisine, il ne s'est pas fait tout seul.

ADÈLE, *avec un rire béat* — Madame all' veut rire un brin, j'cré.

MADAME — Vous voyez bien que je ne ris pas. Ce n'est pas le moment. Qu'avez-vous encore brisé? Un beau plat, je gage?

ADÈLE — Ben mon dou... si c'étions qu'ça... y a ben plus qu'un plat.

MADAME, *impatientée* — Dites, qu'y a-t-il de cassé? Vous m'impatientez.

ADÈLE, *tournant les coins de son tablier* — Ben, j'vas vous conter ça. Vous savez ben qu'on a d'mandé depuis ben ben longtemps à monsieur d'acheter une armouère pour mettre la vaisselle, parce que l'armouère ousqu'elle elle atait avant était ben trop petite et qu'on peut pas..

MADAME — Oui... oui... continuez plus vite.

ADÈLE — Alors, à matin, monsieur il a venu dans ma cuisine et il a dit: Adèle, faut plus brailler pour une armouère, je m'en vas vous en faire une qui ne coûte rien. Il a pris une caisse ousqu'il avait mis d'la bèle peinture blanche et un p'tit bout d'ridiau, il l'a clouée au mur, j'avons ben rangé la vaisselle dedans. Tout à coup, patatras... tout y a tombé. Le mur y était pas assez solide.

MADAME — Oh! l'imbécile. Y a-t-il beaucoup de cassé?

ADÈLE — Ben, pour dire vrai, j'cré ben qu'y a deuss ou troiss assiettes.

MADAME, *interrompant* — Seulement trois de cassées?

ADÈLE — Ben... vous voudriez pas... deuss plats... la soupière et les légumiers par-dessus le marché.

MADAME — Tout brisé, tout cela pour économiser quelques dollars. C'est idiot.

ADÈLE — Madame n'a qu'à venir et ar'garder. *(Au moment où madame se lève, monsieur entre, un sourire béat illumine ses traits, et madame le toise d'un regard fulgurant dont il semble ne pas s'apercevoir.)*

SCÈNE 2
Les mêmes et Monsieur

MONSIEUR — Ah! c'est moi, rien que moi. Tu sortais? *(Silence)* J'ai fini de placer la nouvelle horloge; il ne faut pas être bien malin pour la fixer au mur et il était parfaitement inutile de payer un homme pour ça. *(Silence)* Elle fait très bien dans le corridor.

MADAME, *avec un regard de feu* — Gustave... Gustave. Tu as juré de nous mettre sur la paille pour nos vieux jours?

MONSIEUR — Que veux-tu dire, ma bobonne?

MADAME — Ce que je veux dire... tu oses le demander? *(À Adèle)* Vous pouvez aller.

ADÈLE — Bon, madame, j'm'en vas ramasser les morciaux. Voulez-t-y les coller?

MADAME — Je vous dis de vous en aller, comprenez-vous?

ADÈLE, *sortant* — Ben... on s'en va... on s'en va.

SCÈNE 3
Monsieur et Madame

MADAME — À nous deux, maintenant. Tu peux dire que tu en fais de belle avec tes économies de bouts de chandelle.

MONSIEUR — Je ne te comprends pas, mais pas du tout, bobonne.

MADAME — Tu m'assommes avec tes "bobonne" et ton air niais. Tu as brisé toutes les assiettes de notre beau service de Limoges, les plats et le reste.

MONSIEUR, *ouvrant des yeux de veau qui tète* — Moi... moi, j'ai cassé le service. Mais tu deviens folle, ma pauvre. Moi, cassé le service...

MADAME — Oui... oui... et cela, je te le répète, à cause de tes économies.

MONSIEUR — Je te comprends de moins, explique-toi bo... *(Le reste lui reste dans la bouche devant le regard de madame.)*

MADAME — Voilà trois semaines que je te supplie de m'acheter une armoire pour la cuisine, en vente, en réduction. Est-ce vrai ou non?

MONSIEUR — C'est vrai, mais tu sais bien que j'évite les dépenses inutiles et qu'il faut faire des économies par le temps qui court. *(Très fier.)* Je t'ai fait moi-même une armoire qui vaut toutes celles que tu pouvais acheter.

MADAME — Ah! vous avez fait une armoire. Elle est belle, votre armoire...

MONSIEUR — La couleur ne serait-elle pas de votre goût. Je puis la...

MADAME — Venez la voir, votre armoire, venez contempler votre oeuvre. *(Elle ouvre la porte de la cuisine.)* La voilà votre économie. Admirez...

MONSIEUR, *tout hébêté* — Oh! elle ne peut être tombée toute seule, Adèle doit l'avoir bousculée.

ADÈLE — Quoique vous dites? On n'l'a pas touchée vot' fichue armouère. All a tombé toute seule... c'te fabrication.

MADAME, *en refermant la porte* — Et ton armoire nous coûte soixante-quinze dollars. *(À ce moment, on entend un grand bruit dans le corridor.)* Bon, qu'y a-t-il encore?

MONSIEUR — Oh! ce doit être le voisin qui fait tomber une chaise.

MADAME — Peut-être a-t-il aussi voulu faire une armoire?

MONSIEUR — Mais, bobonne.. je...

MADAME — As-tu fini avec tes bobonne?

SCÈNE 4
Les mêmes et Adèle

ADÈLE, *en entrant en coup de vent* — Eh! bé... Seigneur. V's'avez pas entendu?

MADAME — Qu'y a-t-il donc, Adèle?

ADÈLE — Quoi, vous n'avez pas entendu? Vous avez les oreilles ben dures. La belle horloge, alla chu par terre. All est tout en morciaux.

MONSIEUR — Ce n'est pas possible. J'ai mis dix gros clous.

MADAME, *en rage, se dirige vers la porte du fond et l'ouvre* — En effet, voilà encore trente dollars gaspillés par votre sordide économie... Misérable, venez contempler votre oeuvre.

MONSIEUR — Mais... bobonne. *(Adèle rentre dans sa cuisine.)*

MADAME — Venez voir, vous dis-je.

MONSIEUR, *en s'avançant à petits pas, regarde de loin* — Hélas! cela me surprend. J'avais mis dix clous de trois pouces.

MADAME, *imitant sa voix* — Dix clous de trois pouces... bénêt. Si vous aviez, vous, trois pouces de jugement et d'intelligence, vous vous diriez que dans les murs de ce pays les clous ne tiennent pas, imbécile.

MONSIEUR — Merci pour le compliment, madame. Mais rien n'est perdu; je vais arranger cette horloge et tout sera réparé.

MADAME — Oui, et tu répareras également la vaisselle?

MONSIEUR — En effet, je collerai et recollerai... *(D'un ton dramatique)* Dussé-je pour cela y travailler jusqu'à mon dernier jour, et y laisser la dernière goutte de mon sang, mais, je recollerai. Je ré-pa-re-rai...

MADAME — Oui, vous me ferez le plaisir de ne toucher à rien... à rien, entendez-vous? Je ferai venir un horloger qui verra si la pauvre horloge est encore en état de réparations et qui l'arrangera lui-même et la fixera au mur. Quant à la porcelaine, elle est déjà jetée.

MONSIEUR — Bien, bobonne. Je vais donc voir à arranger la porte de notre chambre. *(Il se prépare à sortir.)*

MADAME — Oui, un beau travail encore que tu vas faire. *(Le rappelant au moment où il sort.)*

MADAME — Gustave...

MONSIEUR — Tu m'appelles?

MADAME — Dois-tu sortir tantôt jusqu'en ville?

MONSIEUR — Mais non, je dois arranger la porte.

MADAME — Quand tu auras fini ce travail, que d'ailleurs tu feras très mal, tu amèneras Azor, notre chien, chez le marchand qui nous l'a vendu afin qu'il le baigne et le débarrasse de ses puces.

MONSIEUR — Quoi, payer pour cela... non... non. Il sera dépucé ici.

MADAME — C'est toi qui le feras alors?

MONSIEUR — Moi. Ah! non... Adèle fera le travail.
(Appelant) Adèle.

SCÈNE 5
Les mêmes et Adèle

ADÈLE — Quoi donc que vous voulez encore?

MONSIEUR — Tantôt, quand vous aurez fini votre travail, vous prendrez Azor et vous le dépucerez.

ADÈLE — Dépucerez? Quoi donc que c'est que ça?

MONSIEUR — Ma fille, que vous êtes donc ignorante. Dépucer, cela veut dire ôter les puces. Comprenez-vous?

ADÈLE — Et vous voulez que moi, Adèle Beauvisage, je cherche les puces à vot'chien? Ben non. J'avons déjà assez de mal à me dépucer moi-même depuis que cette sale bête est ici.

MONSIEUR, *d'un ton dramatique* — Vous refusez? Bien, je le dépucerai moi-même.

(Il sort avec dignité et Adèle rentre à la cuisine.)

SCÈNE 6
Madame puis Adèle

MADAME — Ah! ces hommes... ces économies mal placées. Quelle plaie pour une femme que ces maris qui veulent sans cesse mettre leur nez dans ce qui ne les regarde pas. Heureusement que les vacances sont terminées demain, et qu'il retourne à son bureau, sans quoi, je me demande ce qui arriverait encore. *(On entend toujours des coups de marteau au loin.)* Il est encore en train d'abîmer la porte de notre chambre; elle ne fermera plus du tout quand il y aura touchée. *(On entend un cri dans la cuisine et Adèle accourt effarée, la figure barbouillée de jaune.)*

ADÈLE — Ah! ça... c'est honteux. Ah! madame... madame. Je suis morte.

MADAME, *mettant son mouchoir au nez* — Sauvez-vous, vous m'asphyxiez.

ADÈLE — J'étions ben pu asphicée que vous. Ça pue...ça pue.

MADAME — Mais qu'est-il arrivé?

ADÈLE, *s'essuyant le visage* — Y arrive que j'allions faire l'omelette pour le déjeuner, avec les oeufs frais que monsieur il a achetés au marché à moitié prix. Dans les cinq premiers y avait des poulets, et le sixième y a pété dans mon visage. Ah! mon dou, ça pue... ça pue.

MADAME — Allons, sauvez-vous, lavez-vous. Vous empestez toute la maison.

ADÈLE, *s'éloignant, partant* — J'm'en vas, mais ça pue en diable. *(Elle sort.)*

SCÈNE 7
Madame puis Monsieur

MADAME — Oh! cette odeur nauséabonde. Encore une économie de mon mari. Des oeufs pourris pour des oeufs frais. *(Appelant)* Gustave... Gustave.

MONSIEUR, *de loin* — Je viens, bobonne.

MADAME — Attends, je m'en vais t'en donner des bobonnes.

MONSIEUR, *entrant avec un habit tout déchiré* — Que veux-tu? *(Il se bouche le nez)* Oh! quelle infection. Quelle odeur?

MADAME — Ah! vous trouvez que cela sent mauvais, vous?

MONSIEUR — Oh! mais c'est agonisant, affreux. C'est toi qui as...

MADAME, *furieuse* — Malhonnête, impertinent... grossier personnage. Ce sont vos oeufs que vous avez achetés au rabais au marché. Résultat: six poulets et un oeuf pourri.

MONSIEUR — Mais... on m'avait garanti que...

MADAME — Que tu n'es qu'un imbécile et que tu as une tête-à-giffles. Et que veut donc dire cet habit tout déchiré?

MONSIEUR, *faisant l'innocent* — Ah! tiens... tiens. Ce doit être un clou que j'aurais oublié d'enfoncer et je me serais accroché à ton appel. Je me suis tant hâté croyant que le feu était à la maison.

MADAME — Tu as l'air de trouver cela tout naturel, toi? Depuis ce matin tes économies nous coûtent déjà une belle somme. Si tu avais acheté une armoire, la vaisselle ne serait pas cassée; pour un dollar, un menuisier nous eût placé la belle horloge qui ne serait pas en pièces; un ouvrier eût arrangé la porte et ton habit ne serait pas déchiré. Nous aurions pour déjeuner une bonne omelette et nous ne serions pas empestés si tu avais acheté des oeufs au prix normal.

MONSIEUR — Mais peut-être que les oeufs qui restent ne sont pas mauvais?

MADAME — Tu comprends bien qu'avec la face qu'Adèle a eue, elle ne voudra plus casser un oeuf.

MONSIEUR — Non? Je vais aller à la cuisine et j'en casserai un moi-même. *(Il va à la cuisine et on l'entend casser un oeuf. On l'entend crier pouah! Adèle rit à gorge déployée et il revient en scène plein de jaune.)* Tu as raison, bobonne. Ces oeufs ne sont pas bons. Je vais les rapporter. Mais cela pue... cela pue. *(Il se sauve à la cuisine pour se laver.)*

MADAME — Qu'allons-nous faire maintenant pour enlever cette odeur. Ah! j'y suis. *(Elle va prendre un cône d'Arabie et l'allume.)* Au moins, nous serons délivrés de ce parfum peu odorant.

MONSIEUR, *rentrant à moitié lavé* — Là, me voilà.

MADAME — Mais tu n'as pas enlevé la moitié des oeufs.

MONSIEUR — Non? Je prendrai un bain tantôt et tout partira. À propos, bobonne, j'ai oublié de te dire que j'avais acheté ce matin, pour dix dollars, un excellent fauteuil. Comme je passais devant une maison où avait lieu une vente publique, je fus frappé par la vue d'un beau fauteuil, bien confortable. Sachant le violent désir que tu avais d'un de ces meubles, je me suis arrêté et je l'ai acheté pour dix dollars, alors que la valeur en est de vingt dollars. Tu verras... tu verras.

MADAME — L'as-tu bien examiné au moins ce fauteuil?

MONSIEUR, *avec suffisance* — Si je l'ai examiné... de la tête aux pieds. Tu me connais d'ailleurs assez pour savoir que je n'achète jamais sans bien savoir ce que j'achète.

MADAME — Excepté les oeufs.

MONSIEUR — Oui, mais là, tout le monde peut être trompé. Ces marchands sont si malins. Tandis que pour un fauteuil, on peut vite juger de sa valeur. Je l'attends à tout instant et je suis même étonné qu'on ne l'ait pas encore apporté.

MADAME — Nous verrons enfin ce que vaut cette fameuse acquisition et si, pour une fois dans ta vie, tu as fait un bon marché.

SCENE 8
Les mêmes, Adèle, un commissionnaire

ADÈLE — Madame, c'est un bonhomme qu'est là avec un' machin comme qui dirait une chaise berçante en tapisterie.

MONSIEUR — Ah! ce doit être le fauteuil. Tu verras comme tu y seras bien. Tu ne voudras plus en sortir.

MADAME — Faites-le porter ici, Adèle.

ADÈLE, *allant ouvrir la porte du fond* — Entrez, mon garçon. C'est ben pour ici c'machin-là. Attention à la porte.

COMMISSIONNAIRE, *entrant avec un vieux fauteuil, une antiquité, une horreur* — Oui, la p'tite mère, on f'ra attention à vot' porte. Salut la compagnie. Ben, c'est lourd c' machin-là... à porter sur les épaules. On dirait que ça pèse quasiment un tonne. C'est un dollar pour la course.

MONSIEUR — Un dollar, vous plaisantez...

COMMISSIONNAIRE — Que non, j'plaisante pas. Est-ce que vous croyez, vieux papa, que j'ai apporté c'machin-là pour les beaux yeux de vot' femme? C'est un dollar.

MONSIEUR — Ne croyez-vous pas que cinquante cents c'est assez?

COMMISSIONNAIRE — C'est-y que vous voulez vous fich' des travailleurs? Faut le dire. Et si vous payez pas, j'vas l'rapporter vot' affreux bahut.

MADAME — Bon... bon... faites pas de manière, le voilà votre dollar.

COMMISSIONNAIRE — Ça va. Amusez-vous bien avec vot' machin. C'est bon pour le feu. (Il sort.)

MONSIEUR — Eh bien, que dis-tu de ce meuble. bobonne? Est-il beau?

ADÈLE — Ça s'rait-y pas la chaise à not' père Adam ou à Mathusalem?

MONSIEUR, vexé — Je vous prierai, ma fille, de garder pour vous vos appréciations malsonnantes et inconvenantes de votre part. Que dis-tu de mon acquisition?

MADAME — C'est une antiquité...

ADÈLE — J'l'avions ben dit, moué. C'est un' vieillerie.

MONSIEUR — Taisez-vous, Adèle. Et c'est tout ce que tu trouves à dire? Mais regarde le fini de ce meuble. Il ira à la fin de tes jours.

MADAME — Il faudrait pour cela que je disparaisse bien vite.

MONSIEUR — Ne dis donc pas de bêtises. Prends place dans ce fauteuil qui te tend les bras. (Elle s'assied; le pied du fauteuil se brise et madame tombe à terre; elle se relève furieuse.)

ADÈLE, riant à gorge déployée — J'l'avions ben dit, moué.

MADAME — Assassin, bandit, tu veux me faire mourir.

MONSIEUR — Mais, bobonne, on m'avait garanti que ce...

MADAME — Que tu n'es qu'un assassin, une tourte, une emplâtre.

MONSIEUR — Ce n'est rien, je vais le réparer à l'instant.

MADAME — Réparer... tu vas à l'instant rapporter ce meuble d'où il vient.

MONSIEUR — Mais... bobonne... je te dis que...

MADAME — Veux-tu filer avec ton horreur et vite encore.

ADÈLE — Faut l'envoyer au père Adam, au paradis.

MADAME — File, je te dis, où je ne sais ce que je te ferai.

MONSIEUR — Bien, bobonne. *(Il prend le fauteuil et se dirige vers la porte. En y passant, il fait tomber une potiche qui se trouve à côté et la brise.)*

MADAME — Oh! ma belle potiche. Ah! non. Je vais me jeter à la rivière. Les économies de ce jour se montent à plus de deux cents dollars de perte.

(Pendant que tombe le rideau on entend madame crier: "Oh! ces hommes... ces hommes", et Adèle rit comme une vraie folle.)

RIDEAU

Maison à louer

"...C'est vous plutôt qui cherchez une dispute.

Ah! par exemple. Vous en avez un toupet. J'entre ici bien disposé, et le premier mot que j'entends, c'est brutal. Vous m'avouerez que..."

La scène se passe où l'on veut, dans un intérieur cossu où abondent les fleurs, porte de fond conduisant au vestibule; porte de droite menant à la cuisine; porte de gauche allant aux chambres. Sur une chaise bien en vue, un grand écriteau: Maison à louer.

PERSONNAGES

Pierre Sodar, époux de Marguerite, 30 ans
Marguerite Sodar, 25 ans
Ursule, vieille bonne des Sodar, 65 ans
M. Champdoiseau, vieux divorcé, 60 ans
M. le curé de la paroisse, 40 ans
Belle-mère, vrai gendarme, 65 ans

MAISON À LOUER

SCÈNE 1
Ursule, puis Pierre

URSULE, *enlevant les poussières et s'arrêtant comme malgré elle devant l'écriteau* — C'est-y bon Dieu pas malheureux de voir des affaires pareilles? Un petit ménage si uni? Pour quelques petits mots un peu piquants de sa femme, lui s'est emporté comme une soupe au lait. Elle a répondu. Ils se sont dit des bêtises et finalement ils se sont jeté des assiettes. V'là t'y pas astheure qu'ils veulent se divorcer et mettent la maison à louer? Marguerite, elle, part ce soir chez son frère, car elle ne voudrait pas aller chez sa mère, celle-ci est ben trop mauvaise. Un vrai gendarme. Et quand je pense que j'ai porté Marguerite dans mes bras, que j'l'ai quasiment élevée c'te petiote-là et que j'vas devoir la quitter, ça m'fend l'coeur. *(Elle pleure.)*

PIERRE, *entrant avec un bandeau au front, allant de gauche à droite* — Eh bien! Ma vieille Ursule, on pleure?

URSULE — Dame, monsieur, c'machin-là, y m'fait pleurer.

PIERRE — Quel machin?

URSULE — Ben, vous l'savez, vot'maison à louer.

PIERRE — Que voulez-vous, ce n'est pas de ma faute.

URSULE — Non peut-être? Dites, que vous avez été méchant pour vot' femme.

PIERRE — Elle a commencé à m'injurier.

URSULE — J'dis pas. Mais vous avez été trop dur, vous... vous avez jeté la première assiette qu'a été casser la belle potiche de Chine.

PIERRE — Elle a jeté la seconde qui m'a ouvert le front.

URSULE — À quoi vous avez répondu par une autre qui a été lui ouvrir le sien itou. D'ailleurs, c'est point à moi à vous dire ça, vu qu'c'est pas d'mes affaires; mais vous avez été ben mauvais, là.

PIERRE — Comme on va divorcer, on ne jettera plus d'assiettes. *(Après la pause.)* Dites, Ursule, qu'allez-vous faire?

URSULE — Quoi que j'vas faire, moi?

PIERRE — Oui, vous...vous-même?

URSULE — Ben...c'te question, j'vas préparer mon dernier dîner.

PIERRE — Ce n'est pas cela que je vous demande; que ferez-vous en partant d'ici? Où irez-vous?

URSULE, *d'un ton rogue*— J'sais point encore, r'tourner chez nous, probable.

PIERRE — Voulez-vous venir à mon service?

URSULE — Chez vous?

PIERRE — Oui, chez moi.

URSULE — Moi? M'avez-t'y r'gardée? Moi, à vot' service?

PIERRE — Mais oui, dans mon nouveau chez-moi; j'augmente vos gages.

URSULE — Ben sûr que non, quand vous m'donneriez trois fois plus. Sûr que non.

PIERRE — Et pourquoi donc? Vous seriez bien avec moi?

URSULE — V's'avez ben trop mauvais caractère, vous.

PIERRE — Moi, j'ai mauvais caractère?

URSULE — Ben sûr, j'devrais pas vous dire ça, moi, vot' servante, mais j'sais ben que j'pourrais pas vivre longtemps avec vous. Ben...ben...non.

PIERRE, *riant* — Vous êtes si mauvaise que ça.

URSULE — J'suis pas mauvaise, mais j'suis juste. J'reste ici pour madame Marguerite qu'j'ai quasiment élevée; vous savez très ben qu'elle est très nerveuse, et vous l'asticotez toujours. C'est pas des affaires à faire quand on aime sa femme. Madame est un ange, et vous...

PIERRE — Moi? Je suis peut-être un démon?

URSULE — J'dis point ça, moi, mais...

PIERRE — Vous ne le dites pas, mais vous le pensez?

URSULE — Ben, pour dire vrai, un peu tout d'même.

PIERRE — Enfin, comme nous allons divorcer, elle sera tranquille *(Une pause.)* Ursule, allez donc pendre cet écriteau à la porte.

URSULE — Moi...mettre ce machin-là? Ben non.

PIERRE — Vous refusez de m'obéir?

URSULE — Pour sûr que je refuse...allez la mettre vous-même vot'pancarte.

PIERRE, *d'un pas digne et sortant par le fond avec l'écriteau* — Bien...j'irai moi-même.

SCÈNE 2
Ursule puis Marguerite

URSULE, *regardant la porte et bougonnant* — Ben sûr que non, j'pendrai pas c'machin-là et pour qui donc qu'y prend la vieille Ursule?

MARGUERITE, *portant un bandeau de droite à gauche au front* — Eh bien! Ursule, vous avez terminé la salle?

URSULE — J'achève là et j'vas à la cuisine. Il l'a mise lui-même. J'l'aurais pas placée pour une fortune...moi.

MARGUERITE — Quoi donc, Ursule?

URSULE — Ben donc...l'affiche de maison à louer.

MARGUERITE, *évasivement* — Ah! c'est cela?

URSULE — Ça n'a pas l'air de te faire de la peine? Tu vas te séparer comme ça, pour des bêtises, après deux ans de mariage?

MARGUERITE — Tu appelles cela des bêtises? Bêtise de me jeter une assiette à la tête et de risquer de me tuer? Bêtise cette blessure au front?

URSULE — Pardine, pour dire vrai, tu lui as ben rendue.

MARGUERITE, *d'un ton* — Avec la belle potiche de Chine?

URSULE — Il n'était pas ben solide ton amour, ma pauvre pour qu'une assiette le casse. *(On sonne à la porte.)*

MARGUERITE — On a sonné, Ursule.

URSULE, *sortant par la cuisine* — J'y vas...j'y vas.

SCÈNE 3

Marguerite, Champdoiseau puis Pierre

MARGUERITE, *se montant* — Ah! non, que je ne céderai pas, le rustre... assassin. A-t-on jamais vu? Ah! maman me l'avait bien dit que le mariage était un jeu de massacre, que le meilleur des hommes ne valait rien encore. *(À ce moment Ursule introduit Champdoiseau et sort.)* Que désirez-vous, Monsieur?

CHAMPDOISEAU — Voici, madame. Je suis M. Champdoiseau, avoué de la cour d'appel; ayant vu, en passant, votre annonce de maison à louer, je me suis permis de sonner afin de visiter la maison.

MARGUERITE — Ah! très bien, monsieur.

CHAMPDOISEAU — Mais je m'aperçois que vous souffrez de la tête. Peut-être ferai-je mieux de repasser demain? Je crains de vous fatiguer.

MARGUERITE — Oh! nullement, monsieur; je suis tombée dans l'escalier et je me suis blessée. D'ailleurs, mon mari va venir et vous fera visiter.

CHAMPDOISEAU — En ce cas. *(Il regarde partout.)* Quel petit intérieur charmant, un vrai nid d'amoureux! Qu'elle est ravissante votre maison!

PIERRE, *entrant et interdit* — Ah! pardon, vous êtes occupée?

MARGUERITE — Non, non. Je vous présente mon mari M. Sodar; M. Champdoiseau, avoué de la cour d'appel.

PIERRE — Ah! très bien, je vous laisse alors.

MARGUERITE — Mais pas du tout. Monsieur vient visiter la maison pour la louer.

CHAMPDOISEAU, *à part* — Tiens, il est blessé aussi? *(À Pierre.)* Peut-être êtes-vous souffrant et suis-je indiscret? Je repasserai demain.

PIERRE — Nullement, monsieur. Nous avons eu un petit accident d'auto.

MARGUERITE — Oui, ainsi que je vous le disais tantôt, je suis tombée de l'escalier en montant en auto, et mon mari en en descendant voilà!

PIERRE — Et nous appelons cela un accident d'auto; c'est moins prosaïque que de dire que l'on est tout simplement tombé de l'escalier. *(Il rit.)*

MARGUERITE — Oui, en effet, c'est plus rupin.

CHAMPDOISEAU, *d'un ton condescendant* — Oui, en effet. Ce que je vois de la maison est vraiment charmant. Qu'il doit faire bon vivre ici quand on est deux. *(Un silence puis un soupir.)* Pour moi, si je loue, je serai, hélas! tout seul.

PIERRE — Vous êtes veuf, monsieur?

CHAMPDOISEAU — Pardon, je suis divorcé *(Regard des époux.)* et cela pour une bêtise.

MARGUERITE, *à part* — Le mot d'Ursule.

CHAMPDOISEAU — Oui, une bêtise. Ma femme et moi, nous nous aimions bien. Une discussion est survenue, discussion qui s'est envenimée et s'est terminée par un malheureux divorce; aucun de nous n'a voulu céder et maintenant il est trop tard. Entre nous coule le ruisseau fangeux de l'orgueil, ni elle ni moi ne voulons jeter la planche qui nous réunirait. Mon existence comme la sienne est brisée, nous sommes deux épaves alors que nous eussions pu être si heureux. *(Il regarde les époux qui font piteuse mine.)* Et voilà, je suis seul. Elle est seule. Je vous demande pardon de vous raconter ainsi mes chagrins, mais quand je vois un jeune ménage uni comme le vôtre, je ne puis m'empê cher de leur raconter mon histoire et de les mettre en garde contre ce qu'on appelle le divorce, le plus terrible fléau de notre époque. Et nous allons visiter la maison, si vous le voulez bien.

PIERRE, *après hésitation* — Je me demande vraiment si cette maison vous ira?

MARGUERITE — Elle est très grande pour une personne.

PIERRE — Pensez donc, douze chambres.

PIERRE — Douze pièces plutôt.

CHAMPDOISEAU — Oui, en effet, ce serait peut-être un peu grand pour moi. Je crois que vous avez raison. Je vous fais mille excuses pour vous avoir dérangés inutilement. Je vais vous laisser et vous souhaiter en même temps de vous remettre vite et bien de vos petits bobos. *(Avec malice.)* Attention surtout au malencontreux escalier de l'auto.

PIERRE — Je vais vous reconduire.

CHAMPDOISEAU — Trop aimable, monsieur. Madame, mes hommages. *(Il sort avec Pierre.)*

SCÈNE 4
Marguerite, seule, puis Pierre

MARGUERITE — Le brave homme ne se doutait pas qu'il se trouvait devant deux époux sur le point de divorcer. Il a raison au fond, vivre seul, sans but dans la vie, comme une âme en peine. Il ne faut pourtant pas montrer à mon mari que je serais toute disposée à reprendre notre vie à deux et à oublier le passé. J'aurais l'air de céder, et cela, jamais. Ah! le voilà, jouons l'indifférence.

PIERRE, *à part, en entrant avec l'écriteau sous le bras* — Il ne faut pas qu'elle se figure que je fais le premier pas. *(D'un ton plus haut.)* Hum, j'ai ôté l'écriteau.

MARGUERITE, *indifférente* — Ah! tiens.

PIERRE, *insistant* — Oui, je l'ai ôté.

MARGUERITE — Si cela vous fait plaisir, je ne vous l'ai pas demandé.

PIERRE — Non, c'est vrai, mais vous aviez un air si marri, en entendant ce brave homme que j'ai cru vous faire plaisir en ce faisant...

MARGUERITE — Moi? Oh! cela m'est indifférent.

PIERRE — Pardon, j'avais cru comprendre...cru voir...

MARGUERITE — Votre bandeau vous aura empêché de bien voir.

PIERRE — Ah! vous croyez?

MARGUERITE — Oui, si cela vous fait plaisir, je consentirais peut-être à reprendre la vie à deux.

PIERRE — Je ne vous l'ai pas demandé, je vous ferai remarquer.

MARGUERITE — Ni moi, non plus, je vous le ferai observer.

PIERRE — Que de paroles inutiles.

MARGUERITE — En ce cas...

PIERRE — En ce cas, si vous le désirez, je vais remettre l'écriteau.

MARGUERITE — Comme vous voudrez, vous êtes maître de vos actes.

PIERRE — Bien, madame *(Appelant.)* Ursule!

SCÈNE 5
Les mêmes, Ursule

URSULE — Vous m'avez appelée?

PIERRE — Oui, Ursule, madame demande que vous alliez remettre l'écriteau.

URSULE, *d'un ton rogue* — V'savez très ben que je l'ferai point, mettez vous-même...

PIERRE — Ursule, ma vieille Ursule...

URSULE — Messieur, messieur...

PIERRE — Vous désobéissez encore à nos ordres.

URSULE — Pour ça, oui...oui...da...

PIERRE, *d'un air digne* — J'irai moi-même, mais vous vous en repentirez. *(Il sort et emporte l'écriteau sous le bras.)*

SCÈNE 6
Marguerite et Ursule

URSULE — Non, c'est pas Dieu possible qu'il va encore remettre c'machin-là? Ma petite Margot, j't'ai élevée, j'peux ben te dire ça, pourquoi donc que tu n'vas pas l'embrasser et dire que tout est fini?

MARGUERITE — Non, ma bonne Ursule. Et ma dignité, qu'en fais-tu?

URSULE — Dignité! Belle affaire que tout ça, des bêtises que j'dis, moi.

MARGUERITE — Non, Ursule, d'ailleurs tu viendras avec moi; tu ne me quitteras pas.

URSULE — Ça non, ma pauvre Margot, tu t'en iras toute seule. J'veux point tremper mon doigt dans ces histoires-là. J'm'en va retourner chez nous, mais tu pleureras, tu pleureras, ma petite.

MARGUERITE — Tant pis, mais je ne céderai pas la première.

URSULE — Ma fi...ma fi...réfléchis, tu fais un folie et une fameuse encore. *(Elle sort. On entend parler dans le vestibule.)*

MARGUERITE — Tiens, on dirait que voilà quelqu'un.

SCÈNE 7
Marguerite, le curé et Pierre

PIERRE, *en faisant passer le curé devant lui* — Entrez donc, monsieur le curé, ma femme est là, blessée aussi.

CURÉ, *un peu onctueux* — Bonjour, ma chère enfant. J'ai appris par votre mari votre accident d'auto. Que la Providence a donc été bonne de vous protéger ainsi, qu'un malheur soit arrivé à l'un de vous, un ménage aussi uni que le vôtre. Quelle désolation pour le survivant! Quel vide!

MARGUERITE — Oh oui, monsieur le curé.

PIERRE — Ah oui, quel vide!

MARGUERITE, *à part* — Comédien, va.

CURÉ — J'ai vu en passant: Maison à louer, et je me suis permis d'entrer. Vous n'allez pas quitter notre paroisse, n'est-ce pas? C'est impossible.

PIERRE — Je ne sais pas, monsieur le curé, nous craignons bien d'y être forcés.

CURÉ — Mais ce n'est pas possible et nos pauvres dont vous êtes la Providence, et nos chères sociétés, et les bons exemples que vous ne cessez de donner chaque jour par votre vie conjugale. Oh! ne partez point.

PIERRE — Voyez-vous, monsieur le curé, pour mes affaires...

MARGUERITE — Il est bien loin de son bureau.

CURÉ — Offrez donc chaque jour au bon Dieu la route que vous avez à suivre; elle vous semblera plus courte, les anges vous accompagneront et vous accumulerez des mérites pour le paradis. Allons, un bon mouvement.

PIERRE — Vraiment, monsieur le curé, je ne sais si...

CURÉ, *s'adressant à Marguerite* — Ma chère enfant, soyez donc mon avocate auprès de votre cher mari, il ne peut rien vous refuser.

MARGUERITE — Peut-être avez-vous raison et vaudrait-il mieux ne pas quitter maintenant.

PIERRE — Alors, du moment que ma femme est de votre avis, je m'incline. Mais notez bien, monsieur le curé, avec intention que c'est pour vous, rien que pour vous que je fais ce dur sacrifice. Aussi je vais de ce pas enlever l'écriteau afin de ne plus changer d'avis. Vous permettez? *(Il sort.)*

CURÉ — Faites donc, cher ami. Ah! le Seigneur vous rendra en bonheurs ce que vous faites pour moi. Merci, ma chère enfant, d'avoir joint votre prière à la mienne. Je suis vraiment touché.

PIERRE, *rentrant avec la pancarte* — Voilà qui est fait, nous restons vos paroissiens, monsieur le curé.

CURÉ — Vraiment, la Providence a guidé mes pas aujourd'hui; maintenant, mes enfants, faites bien attention à vous; vous êtes imprudents en auto. Vous faites trop de vitesse. Vous auriez pu avoir la tête brisée, et tous deux attaqués à la même place. Êtes-vous sûrs qu'il ne reste pas quelque morceau de verre dans la plaie?

MARGUERITE — De porcelaine... *(Signes du mari.)*

PIERRE — Oui, je vais vous expliquer, monsieur le curé: nous avions dans l'auto des assiettes et nous sommes tombés la tête sur les assiettes et c'est là ce qui nous a blessés tous les deux au front.

CURÉ — Ah! je comprends, mais c'est très dangereux de porter des assiettes dans une auto. Ne faites plus jamais cela. Ah! ces autos, ces assiettes...que de malheurs elles peuvent causer.

MARGUERITE, *en soupirant* — Ah! oui, monsieur le curé.

CURÉ — Je vais vous quitter le coeur bien heureux de ne pas vous perdre. Je remercierai bien le bon Dieu. Au revoir, ma chère enfant, et plus de ces imprudences, plus d'assiettes dans l'auto.

PIERRE — Je vous reconduis, monsieur le curé. *(Ils sortent à deux.)*

SCÈNE 8
Marguerite, puis Ursule et Pierre

MARGUERITE — Brave homme de curé. S'il savait la vérité...

URSULE, *entrant tout doucement* — Ah ben, à c't'heure j'suis ben contente. V'là c't'affreux machin ôté et pour de bon. J'vas l'brûler, comme ça j'suis certaine qu'y servira plus.

MARGUERITE — Non, Ursule, laisse-le, il en fera ce qu'il voudra.

URSULE — C'est comme tu veux, t'allais faire une bêtise. Aussi, j'vas faire un bon dîner de réconciliation, et tu m'en diras des nouvelles. Quand il reviendra, tu l'embrasseras bien fort, dis?

MARGUERITE — Je verrai ce qu'il dira.

URSULE — Oh! j's'rai point là. J'pourrais vous gêner. J'm'en va. *(Elle sort.)*

MARGUERITE, *seule* — Voilà donc le divorce à l'eau. Mais comment maintenant va-t-il se tirer d'affaire? Il s'attend peut-être à ce que j'aille me jeter dans ses bras. Ah! non, c'est lui qui a commencé et c'est à lui de céder le premier. Je l'entends. *(Elle arrange des fleurs.)*

PIERRE — Me voilà, il est charmant ce bonhomme de curé.

MARGUERITE — S'il connaissait le vrai motif des bandeaux que nous portons...

PIERRE — Il ne nous ferait pas tant de compliments.

MARGUERITE — À qui la faute? Vous avez été brutal, ma blessure me fait bien souffrir et me défigurera pour la vie.

PIERRE — La plaie que vous m'avez infligée ne me fait pas moins endurer le martyre. Elle sera toute votre vie durant, un souvenir de votre adresse à lancer des assiettes.

MARGUERITE — Vous ne l'aviez, ma foi, pas volé.

PIERRE — Vous êtes charmante, vraiment.

MARGUERITE — Vous vous attendez à ce que j'en dise autant de vous peut-être.

PIERRE — Oh non, ce serait trop demander.

MARGUERITE — Vous reconnaissez donc ne mériter aucun compliment?

PIERRE — Dame, je crois que...

MARGUERITE — Vous ne changerez pas...vous êtes l'être le plus haïssable du monde.

PIERRE — Vous ne m'avez pas toujours dit cela, madame.

MARGUERITE — Non, en effet, mais on peut se tromper à
tout âge. Vous savez si bien cacher votre jeu, comme tous
les hommes du reste.

PIERRE — Merci pour eux. Mais vous semblez vouloir recommencer une querelle?

MARGUERITE — Moi? nullement. Surtout après le grand
sacrifice que vous avez fait pour monsieur le curé en
restant ici. C'est vous plutôt qui cherchez une dispute.

PIERRE — Ah! par exemple. Vous en avez un toupet. J'entre
ici bien disposé, et le premier mot que j'entends, c'est
brutal. Vous m'avouerez que...

MARGUERITE — Je n'ai rien à avouer, si ce n'est que vous
me déplaisez au superlatif.

PIERRE, *d'un ton dramatique* — Eh bien! madame, puisqu'il
en est ainsi, malgré le sermon de monsieur Champdoiseau, malgré les larmes de monsieur le curé, je vais remettre l'écriteau, et rien cette fois, rien, ni personne, entendez-
vous, ne me le feront enlever. Le roi lui-même...

MARGUERITE — Bon...bon...vous m'agacez à la fin, allez
donc placer votre écriteau.

PIERRE, *en partant avec l'écriteau* — Vous ne me le direz pas
deux fois, madame, et c'est vous qui l'aurez voulu.

SCÈNE 9
Marguerite et Ursule

MARGUERITE — Quel caractère...

URSULE, *en achevant la phrase* — tu as, ma pôvre. C'est toi
qui as mauvais caractère, car ton mari venait avec de
bonnes dispositions...

MARGUERITE, *surexcitée* — Ah ça, fichez-moi la paix,
vous, vieille radoteuse et mêlez-vous de vos affaires.

URSULE, *terrifiée* — C'est la première fois que vous me parlez ainsi, madame. Vous êtes donc bien excitée. Vous
savez ben que vous avez tort et pour cacher votre dépit,

vous vous mettez en colère jusqu'à insulter votre vieille
Ursule. C'est ben mal de faire ça.

MARGUERITE — Ah! laissez-moi. *(Elle se jette dans un
fauteuil et pleure.)*

URSULE — Pleure, ma petite, pleure ça te soulagera. *(À part.)*
Elle veut absolument fouler aux pieds son bonheur, mais
attends...la vieille Ursule est encore là. *(Elle retourne à sa
cuisine, hochant la tête.)*

SCÈNE 10
Marguerite, Pierre et belle-maman

MARGUERITE — Elle a tout de même raison, ma vieille
Ursule, je voudrais tout faire pour oublier, jeter un voile
sur ce qui s'est passé, mais je ne puis faire le premier pas.
C'est au-dessus de mes forces. *(On entend des pas et des
voix dans le vestibule.)* Qui vient donc encore me tracas-
ser, je ne pourrai pas être seule une minute? *(Elle s'essuie
les yeux et s'absorbe dans un livre.)*

PIERRE — Entrez donc, belle-maman, Margot est là.

BELLE-MAMAN — Ah! te voilà. Quoi, blessée aussi?

MARGUERITE — Comme lui...

BELLE-MAMAN — Il ne m'a rien expliqué, il dit avoir mal
à la tête.

MARGUERITE — Moi, je me suis blessée au buffet de la salle
à manger en glissant sur le parquet que l'on venait de
cirer.

BELLE-MAMAN — Fais-moi voir, ma fille.

MARGUERITE — Oh! non, touche pas. C'est très douloureux.

BELLE-MAMAN — Tu ne fais donc que des bêtises?

MARGUERITE, *à part* — Encore le mot d'Ursule...

BELLE-MAMAN — Tu dois bien penser que lorsqu'un parquet est ciré, il est glissant. Je passais par ici pour me
rendre à l'église quand j'ai vu: Maison à louer. Dites-moi

ce que cela signifie. Voilà à peine deux ans que vous êtes ici, et vous êtes déjà fatigués de votre maison. C'est fou.

MARGUERITE — Je vais vous dire, maman...

BELLE-MAMAN — Oui, des raisons sans queue ni tête.

PIERRE — Je vais vous expliquer, belle-maman...

BELLE-MAMAN — Inutile, mon gendre, je sais tout.

MARGUERITE — Ah! vous savez tout? Et qui vous a dit?

BELLE-MAMAN — Que vous importe. Je suis au courant de tout. Vous êtes ridicules de ne pas avoir confiance en moi.

MARGUERITE — C'est lui, maman qui a...

BELLE-MAMAN — Évidemment...le mari a toujours tort. Il fallait prévoir la crise.

MARGUERITE — Pouvais-je prévoir? Lui, généralement si bon et si aimable.

BELLE-MAMAN — L'amabilité n'a rien à faire là-dedans.

MARGUERITE — Mais c'est tout dans la vie conjugale.

BELLE-MAMAN — Possible, mais pas dans les affaires.

MARGUERITE — Je ne vous comprends pas du tout, maman.

BELLE-MAMAN — Ah! vous ne comprenez pas. Vous quittez votre maison parce que les affaires ne marchent pas et que vous voulez en prendre une plus petite.

MARGUERITE — Mais pas du tout, maman, vous n'y êtes pas du tout...

BELLE-MAMAN — Veux-tu me laisser parler? Je ne veux pas que vous quittiez cette maison. Comme le loyer est trop élevé pour vous, et que d'autre part je suis seule, je vais louer la maison et viendrai habiter avec vous.

PIERRE — Aie...Aie...

BELLE-MAMAN — Qu'avez-vous donc, mon gendre?

PIERRE — Ma blessure qui me lance...

BELLE-MAMAN — Donc, je viendrai ici, je paierai les trois quarts du loyer. Qu'en dites-vous? *(Les époux se sourient et font signe non.)* Voyons, répondez.

PIERRE — Belle-maman, vous êtes charmante de nous faire une belle proposition, mais le motif de notre départ est que... *(Air mystérieux.)* elle est hantée.

BELLE-MAMAN, *en sursautant* — Hein! Quoi! que dites-vous? Maison hantée?

MARGUERITE — Oui, hantée, et non durant la nuit, mais en plein jour.

BELLE-MAMAN — Et...les avez-vous vus...les esprits?

MARGUERITE — Oui...entrevus. Ils ont cassé la belle potiche de Chine, là, devant nous.

BELLE-MAMAN — Horrible, je comprends. *(À ce moment on entend dans la cuisine un horrible fracas de vaisselle cassée et Ursule accourt, le bonnet de travers.)*

URSULE — Ah! monsieur, madame. Ils sont encore venus. Tout est cassé.

BELLE-MAMAN — Moi aussi. Je me sauve. Je vais vous envoyer le curé pour exorciser la maison. *(Elle se sauve suivie par Pierre qui crie.)*

PIERRE — Belle-maman, attendez, attendez, je vous suis.

SCÈNE 11
Marguerite, Ursule, puis Pierre

Toutes deux se regardent un moment et partent à rire.

MARGUERITE, *montrant le doigt à Ursule* — Ursule, qu'as-tu fait, dis?

URSULE — Dame, ma petite, les esprits. J'ai tout entendu, et j'ai voulu prouver à ta maman qu'y en avait des esprits. J'ai jeté à terre tous les morceaux de la potiche de Chine et j'ai couru ici. Vlà. *(Elle renifle.)* Eh! Seigneur Dieu. Vlà mes-z-haricôts qui brûlent. *(Elle se sauve.)*

MARGUERITE — Cette fois, c'est fini, je ferai le premier pas. Allons nous poudrer un peu le bout du nez avant qu'il revienne. *(Elle sort à gauche.)*

PIERRE, *entrant avec l'écriteau* — Personne? Il n'y a pas à dire, mais je fais le premier pas. Habiter avec belle-maman, ah! non, plutôt aller arracher un drapeau dans le camp ennemi. Monter dans la stratosphère. J'irais à pied au Pôle nord, mais mon héroïsme ne va pas jusqu'à habiter avec belle-maman. D'abord, c'est moi qui ai eu les torts. Et enlevons ce bandeau qui n'a nulle raison d'être, pas une assiette ne m'ayant touché. *(À ce moment Marguerite sort de la chambre, sans bandeau, et souriante s'avance vers Pierre.)*

MARGUERITE — Mon Pierrot chéri. Tu pardonnes?

PIERRE — Si je te pardonne, ma Margotton chérie. Et ta blessure?

MARGUERITE — Je n'en ai jamais eu, et toi? Mon gros loup, nous ne nous disputerons plus jamais, dis? *(Ils se jettent dans les bras l'un de l'autre tandis que Ursule entre, va prendre l'écriteau et le déchire.)*

URSULE — Cette fois-ci, c'est pour de bon, hein! plus de maison à louer.

RIDEAU

Crétin

"*Mademoiselle Léone, ne soyez donc pas cruelle. Vous voyez que j'ai été atteint de ce fameux coup de foudre auquel vous m'avez dit si bien croire. Léone, voulez-vous être ma femme?*"

La scène se passe dans un garçonnière, joliment meublée. Table encombrée de livres; grand fauteuil à haut dossier.

PERSONNAGES

Paul Fléchard, 25 à 30 ans
Gaston Baron, son ami, même âge
Geneviève Lecoeur, 22 ans
Léone Lecoeur, sa soeur, 20 ans

CRÉTIN

SCÈNE 1
Paul et Gaston

Au lever du rideau, Paul est assis à sa table et Gaston marche de long en large.

GASTON — Alors, mon cher, c'est bien décidé?

PAUL — Ab-so-lu-ment dé-ci-dé, oui, mon cher.

GASTON — Tu te maries?

PAUL — Comme tu le dis si bien, je me marie.

GASTON — Eh bien! permets-moi de te dire que tu es un crétin, là...

PAUL — Et pourquoi, je te prie?

GASTON — Pourquoi? Tu oses me le demander, coeur sans entrailles?

PAUL — Oui, je te le demande.

GASTON — Tu es un crétin, un vil crétin, parce que tu te maries.

PAUL — Et en quoi cela me rend-il plus ou moins crétin?

GASTON — Avant cette décision, je te croyais plus ou moins intelligent, tandis...

PAUL — Veux-tu mon avis à moi? Si je suis un crétin, un vil crétin, comme tu le dis si aimablement, tu es, toi, un égoïste.

GASTON — Moi? Ah! par exemple.

PAUL — Oui, parfaitement, un vil égoïste, et je ne te l'envoie pas dire.

GASTON — Veux-tu bien m'expliquer pourquoi je suis un égoïste, crétin?

PAUL — Voici, égoïste: ce qui te fait enrager de ma décision de convoler en justes noces, ce n'est pas la crainte pour

moi de me voir malheureux, de penser aux nombreux
soucis qui pourraient m'assaillir, au tourment d'avoir
peut-être une belle-mère acariâtre et d'être affligé d'une
quinzaine d'enfants.

GASTON — Tu as raison; de cela, je m'en occupe comme de
ma première culotte.

PAUL — Je m'en doutais bien. Ce qui te fait rugir, c'est que je
ne serai plus là pour faire tes petites parties d'échec ou de
tric-trac; t'accompagner dans tes promenades au clair de
lune; être comme ton ombre dans les théâtres ou les fins
restaurants. Voilà ce qui va te manquer, et voilà pourquoi, si je suis un crétin, tu n'es qu'un égoïste. Là.

GASTON — Que tu raisonnes donc stupidement, mon
pauvre ami.

PAUL — Un crétin pourrait-il raisonner différemment?

GASTON, impatienté — Tiens, tu m'assommes. Marie-toi ou
ne te marie pas. Mets-toi la corde au cou, aie vingt-cinq
rejetons. Je m'en bats l'oeil et l'orbite sourcillière; mais je
t'avertis, si un jour tu es malheureux et verses des larmes
de sang, car tu en verseras, ne viens pas chercher mon
gilet pour le mouiller de tes pleurs. Tiens-le-toi pour dit. Et
là-dessus... au revoir. (Il part en claquant la porte.)

SCÈNE 2
Paul, seul

PAUL, se levant, allant refermer la porte qui a été mal fermée
il met de l'ordre partout — Ce cher Gaston, il est tout
retourné. La nouvelle de mon mariage dont je ne lui avais
jamais laissé entrevoir la possibilité et que je lui annonce
ainsi à brûle-pourpoint l'exaspère. Il faut avouer aussi
que depuis notre plus tendre enfance, nous avons toujours été liés de la plus tendre amitié. Je ne puis pourtant
pas sacrifier tout mon avenir pour un ami, si dévoué et si
sincère fut-il? Avec cela qu'il n'eût pas fait la même chose
si Cupidon lui avait décoché une de ses flèches. Enfin, n'y

pensons plus, sa colère s'apaisera, il reviendra à de bons sentiments, et plus tard, s'il ne fait pas comme moi, il deviendra le vieil ami de la famille, l'oncle-gâteau sur les genoux duquel mes enfants monteront en lui tirant la barbe. *(On frappe.)* Entrez.

SCÈNE 3
Paul et Geneviève

PAUL — Quelle agréable surprise, Geneviève! Quel bon vent t'amène ce jour?

GENEVIÈVE — En me rendant en ville avec Léone, je l'ai laissée continuer jusque chez son luthier où elle va reprendre son violon, et elle viendra me retrouver ici tantôt. Dis, mon Paul, j'ai à te parler sérieusement.

PAUL, *un peu effrayé* — Quel ton mystérieux, Geneviève! Que se passe-t-il?

GENEVIÈVE — Écoute-moi bien, asseyons-nous d'abord. Il m'est venu cette nuit une idée mirobolante, merveilleuse, fantastique...

PAUL — À toi?

GENEVIÈVE — M'en croirais-tu incapable par hasard?

PAUL — Oh! nullement, loin de moi de si noirs pensers.

GENEVIÈVE — Bon, tant mieux. Tu as, m'as-tu dit, un ami intime, un charmant garçon, qui ferait un mari idéal.

PAUL — Oui, Gaston Baron. Il sort d'ici après m'avoir appelé crétin.

GENEVIÈVE — Il t'a appelé crétin... toi... et pourquoi?

PAUL — Parce que je lui ai annoncé mon mariage. Je n'avais jamais voulu lui en parler, sachant qu'il en souffrirait, et j'ai retardé, jusqu'à ce jour pour le lui avouer. Le pauvre en est tout retourné.

GENEVIÈVE — C'est parfait cela...

PAUL — Comment, tu trouves que c'est parfait de m'appeler crétin?

GENEVIÈVE — Que tu es donc bêta, mon ami. Je dis: parfait, car cela entre dans ma combinaison. Donc, ton ami rage de voir que tu te maries?

PAUL — Il ne rage pas, il en bave. Eh bien?

GENEVIÈVE — Moi, j'ai ma soeur Léone qui, elle aussi rage de me voir la quitter, tout comme ton ami rage de se voir abandonné de toi.

PAUL — La seule chose à faire est de les laisser rager tous les deux...

GENEVIÈVE — Mais non, que tu es donc peu intelligent. Tu ne vois pas où j'en veux venir? Fais donc appel à tout ton esprit.

PAUL — J'ai beau me creuser la cervelle, je ne vois pas.

GENEVIÈVE — C'est bien simple. Marions-les, ils dérageront.

PAUL — Ah ça! par exemple, c'est du génie. Oh! la femme quand elle le veut, comme elle sait donc bien arranger les choses. Mais dis-moi, comment arriver à faire rencontrer nos deux oiseaux?

GENEVIÈVE — J'ai déjà tout combiné, tout prévu.

PAUL — Explique ton plan. Je suis tout oreilles.

GENEVIÈVE — Voilà: d'ici à quelques minutes, ma soeur arrivera; nous la faisons rester ici, et nous deux, nous filons.

PAUL — Mais cela ne fait pas rencontrer ceux que nous voulons unir.

GENEVIÈVE — Ton ami n'a-t-il pas chez lui quelque chose qui t'appartienne?

PAUL — Oui.. des livres. Il a pour ainsi dire toute ma bibliothèque.

GENEVIÈVE — C'est parfait. Tu vas lui téléphoner que tu as un besoin absolu de tel ou tel livre. Il accourt dans l'espoir de t'agoniser de sottises.

PAUL — Et il trouve ta soeur à ma place.

GENEVIÈVE — Celle-ci se fait séduisante, l'enjôle... le captive.

PAUL — Le coup de foudre frappe mon ami.

GENEVIÈVE — Et le tour est joué. Dans un mois, nous nous marions tous les quatre.

PAUL — Ma Geneviève, tu es digne d'être Napoléon... César, si tu n'étais pas une femme.

GENEVIÈVE — Pas tant de verbiage, Paul, et va téléphoner à ton ami.

PAUL — Comme il n'habite pas loin d'ici, il viendra à l'instant. (Il se dirige vers le téléphone.) Allô. Allô. C'est le crétin qui te parle. Oui, merci. Tu rages encore. Te venger? Et comment? En te mariant ou te suicidant? Bon... je m'occuperai de tes funérailles. Dis donc, égoïste, pourrais-tu me rapporter de suite mon Virgile? Tu dis? Non, si je ne suis pas chez moi, tu n'as qu'à le mettre sur la table et m'attendre patiemment. À tantôt. (Il revient vers Geneviève.) Voilà qui est fait. Il me semble que j'entends ta soeur. (On frappe.) Entrez.

SCÈNE 4
Les mêmes, Léone

LÉONE, tenant une caisse de violon — Ce n'est que moi.

PAUL — Que vous... ma toute charmante future belle-soeur. Virtuose du violon.

LÉONE — N'en jetez plus, la maison en est pleine. Bonjour vous.

PAUL — Bonjour ma chère Léone.

GENEVIÈVE — Écoute-moi, Léone. Tu sais ce que je t'ai dit ce matin?

LÉONE — Oui, ma vénérable soeur, je sais.

GENEVIÈVE — Nous allons nous éclipser. Gaston Baron

que tu as déjà rencontré une fois à un bal ne tardera pas à arriver ici.

LÉONE — Oui, je sais, et comme il me plaît déjà, il faut qu'en quelques instants je lui fasse attraper le coup de foudre et que je le décide à se jeter à mes genoux en me disant qu'il m'adore.

GENEVIÈVE — C'est bien cela; et ce ne sera pas difficile, car il veut se venger de Paul en se mariant. Ce n'est qu'un fruit mûr à cueillir.

LÉONE — Et si le coup de foudre ne venait pas?

PAUL, en riant — Vous le remplacerez par un coup de pied.

GENEVIÈVE — Il faut toujours que tu dises des folies. Allons, filons et à tantôt, soeurette, et bon succès.

PAUL — Bonne chancè, Léone, noble combattante. Ulysse à la conquête de Troyes.

GENEVIÈVE, en lui tirant la manche — Arrive donc, mon grand bavard. (Ils sortent.)

SCÈNE 5
Léone, seule, puis Gaston

LÉONE — M'en fait-elle jouer un rôle, ma soeur. Il faut avouer que je m'y prête avec plaisir. Il est vraiment gentil, ce Gaston Baron, et de plus, assez riche, ce qui ne gâte rien. Depuis que je l'ai rencontré, la saison dernière, au bal de l'ambassade du Japon, son souvenir m'est souvent revenu, mais lui, je crois bien qu'il m'a oubliée. Il n'a jamais cherché, que je sache, à me revoir. Si je connaissais une sainte spéciale que l'on invoque en cette circonstance, je lui adresserais une fervente prière. Enfin, qui que vous soyez, ô grande patronne qui favorisez les mariages et les amoureux, bénissez mon entreprise et permettez que le filet que je vais jeter m'amène un mari comme jadis le filet miraculeux du bon Saint-Pierre lui amena des poissons. Mais je me contenterai moi, d'un poisson. *(Elle va vers le miroir et s'arrange.)* Là, me voilà plus à mon avantage. *(Elle glisse le fauteuil, le dos tourné à la porte par où entre Gaston.)* Bon, maintenant installons-nous en attendant de pied ferme l'ennemi à attaquer et à réduire à notre merci. *(Elle prend un livre et s'assied. On entend des pas.)* Ah! on monte. Artilleurs, à vos pièces, la lutte va commencer.

GASTON, *entrant en coup de vent tenant un livre qu'il jette sur la table.)* Ah! où donc es-tu, crétin? *(Il ne voit pas Léone qui se fait petite et rit.)* Le voilà, ton Virgile. *(Il appelle.)* Crétin, où es-tu? Tu te caches car tu crains mon courroux. *(Il va à une porte.)* Il est parti. A-t-on jamais vu, abandonner ainsi un ami, et pour qui? Pour une femme... une Fâme. Mais je me vengerai, ô murs qui m'entendez, répétez-lui. *(Il crie.)* Crétin, crétin, vil crétin.

LÉONE, *faisant semblant de s'éveiller* — Eh bien! quoi... qui donc vient me réveiller en me traitant de crétin? Ah! mes compliments, monsieur.

GASTON, *restant un moment comme médusé* — Ah! Oh! madame!

LÉONE — Mademoiselle, je vous prie.

GASTON, *bafouillant* — Mademoiselle, je vous prie... oui... mille excuses. C'est mon ami que... qui... enfin à qui...

LÉONE — Ah! votre ami. Vous veniez voir votre ami, et c'est parce que vous me trouvez ici à sa place que vous me traitez de crétin?

GASTON — Mais, mademoiselle... je vous...

LÉONE — Probablement que je vous ai dérangé dans vos noirs desseins.

GASTON — Mademoiselle, je vous assure ne pas vous avoir vue.

LÉONE — N'ajoutez donc pas un mensonge à votre grossièreté. Vous m'avez vue, dormant, et dans votre rage, dont j'ignore le motif, vous...

GASTON — Je vous jure, Mademoiselle... que...

LÉONE — Ne jurez pas maintenant, ce serait ajouter un faux serment au mensonge.

GASTON — Enfin, Mademoiselle, je vous certifie sur mon honneur de gentilhomme, que j'ignorais totalement votre présence ici. Je respecte bien trop le beau sexe pour me permettre de...

LÉONE — Soit... admettons... mais pourquoi ce mot de crétin. Il ne pouvait s'adresser qu'à moi.

GASTON — Pardon, mademoiselle, je vous le répète, c'est à mon ami qu'il s'adressait.

LÉONE — Comment, vous avez un ami, vous entrez chez lui en coup de vent, comme un fou, pour le traiter de crétin. Et pourquoi, je vous prie?

GASTON, *à part, en regardant Léone attentivement* — Où diable ai-je déjà vu ce minois charmant?

LÉONE — Eh bien! monsieur, j'attends votre réponse.

GASTON — Voilà, mademoiselle la vérité toute pure: Paul Fléchard et moi, votre serviteur et admirateur.

LÉONE, *interrompant* — Oui, on la connaît celle-là.

GASTON — Nous sommes, depuis notre plus tendre enfance, liés de la plus sincère amitié. Point de pensée secrète pour l'un ou pour l'autre, point de sorties ou de distractions l'un sans l'autre. Or, ce matin, sans me crier gare, il me lance cette phrase fatidique: Gaston, mon petit, je vais me marier. La foudre tombant à mes pieds ne m'eût pas estomaqué davantage, surtout venant de lui qui jamais ne m'avait parlé d'une femme. Voilà toute l'histoire, mademoiselle.

LÉONE — Oh! mais c'est épouvantable, monsieur.

GASTON — Que dites-vous? C'est terrible, affreux, abandonner ainsi un vieil ami pour quoi, pour une femme... une femme.. je vous le demande mademoiselle?

LÉONE, *très coquette* — Sommes-nous donc une quantité si négligeable, monsieur?

GASTON — Oh! non... mais dans mon exaspération de me voir ainsi lâché je l'ai traité de crétin, et c'est lui que j'espérais trouver ici afin de lui jeter encore mon mépris à la face. Mademoiselle, voulez-vous accepter mes plus humbles excuses.

LÉONE, *encore plus coquette* — Je ne sais si je puis... si je dois... vous m'avez blessée à un point tel que...

GASTON — Je fais appel à votre coeur. Il doit être bon votre coeur, quand on est aussi jolie que vous, le coeur doit être à l'avenant de la beauté.

LÉONE — Oh! ne vous y fiez pas trop.

GASTON, *hésitant* — Mademoiselle, il me semble vous avoir déjà rencontrée quelque part. Votre image me paraît même très familière.

LÉONE — Moi? Je ne le crois pas.

GASTON — Ma figure ne vous rappelle-t-elle rien?

LÉONE — Non, votre visage n'est point de ceux qui laissent une impression. Il est comme mille autres que l'on rencontre chaque jour.

GASTON, *blessé* — Merci, mademoiselle. *(Il la regarde mieux.)* Ah! mais... j'y suis... je vous ai rencontrée un soir, au bal de l'ambassade du Japon. Vous m'avez même accordé une valse et une polka.

LÉONE, *évasive* — Ah, c'est possible. J'ai eu tant de danseurs.

GASTON — Ah! j'en suis sûr maintenant. *(À part.)* Je la tiens ma vengeance. La nuit suivant le bal, je n'ai pu fermer l'oeil et j'ai souffert de nombreuses journées ensuite.

LÉONE — Et pourquoi cela? Aviez-vous perdu au jeu?

GASTON, *lyrique* — Ah! mademoiselle, le souvenir de votre beauté, de vos grâces, de votre gentillesse était resté gravé en mon âme. Plusieurs fois, j'ai tâché de vous revoir dans nos réunions mondaines, mais en vain.

LÉONE, *ironique* — Tiens... tiens. Et en supposant que nous m'eussiez rencontrée par la suite, qu'eussiez-vous fait?

GASTON — Vous me demandez là un secret, presque un aveu, mademoiselle.

LÉONE — Vous m'eussiez demandée en mariage, je suppose?

GASTON — Dame, mademoiselle, c'est probable.

LÉONE — Et vous n'eussiez pas craint de voir votre ami abandonné de vous, vous traiter de crétin? Vous l'eussiez ainsi lâché?

GASTON, *acculé* — Oh! mademoiselle.

LÉONE — Pas de Oh! mademoiselle, veuillez répondre à ma question, je vous prie.

GASTON — Que voulez-vous que je réponde? Pour des yeux commes les vôtres, on se ferait traiter mille fois de crétin et bien pire encore.

LÉONE — Savez-vous que vous devenez entreprenant, vous?

GASTON — Pardonnez-moi, mademoiselle. *(D'un ton subit.)* Êtes-vous fiancée, mademoiselle?

LÉONE — Ah! par exemple. Vous ne manquez pas de toupet. Qu'est-ce que cela peut vous faire? Je ne vous pose pas, moi, de questions aussi indiscrètes. Je suis ici en attendant le retour de ma soeur Geneviève qui est sortie avec son fiancé, Paul Fléchard, votre ami et...

GASTON — Quoi... c'est vous qui... vous êtes la soeur de... Ah! mais... c'est très bien. C'est parfait même, Mademoiselle. Êtes-vous fiancée?

LÉONE — Vous êtes d'une audace impardonnable.

GASTON — Que voulez-vous, mademoiselle? Vous ne vous figurez pas à quel point cela m'intéresse.

LÉONE — Je serais charmée d'en connaître le motif?

GASTON — Ne faites pas l'ignorante, ne vous moquez pas. Dites-moi, croyez-vous au coup de foudre, vous?

LÉONE — Avez-vous fini de me poser de ces questions indiscrètes?

GASTON — De grâce, mademoiselle, répondez-moi. Il y va de toute ma vie.

LÉONE, *très coquette* — Allons, il faut bien vous céder. Je ne voudrais pas être la cause d'un suicide ni de la perte irréparable que ferait votre ami en votre personne. Je ne suis pas fiancée... là.

GASTON — Et... l'autre question?

LÉONE — Eh bien! oui, je crois au coup de foudre pour certaines personnes. Êtes-vous content à présent? Et à quoi cela vous avance-t-il?

GASTON — Si je suis content, mais je suis ravi. Je suis au septième ciel. *(Il prend sa main.)* Merci... merci... mademoiselle.

LÉONE, *retirant vivement la main* — Eh bien! Eh bien... ne vous gênez pas. Dites de suite que vous brûlez d'amour pour moi, qu'un feu ardent vous dévore.

GASTON — Tout cela est vrai, mademoiselle, la pure et entière vérité. Il me semble que je nage dans un océan de délices.

LÉONE, *partant d'un éclat de rire* — Ah! ah! ah! Il ne vous faut pas grand temps à vous pour vous enflammer et vous consumer. Moi qui vous croyais si fidèle à une vieille amitié.

GASTON — Il a été traître à l'amitié.

LÉONE — Ah! c'est donc dans un but de vengeance que vous vous amourachez de la première femme que vous rencontrez depuis l'annonce du mariage de votre ami. Je ne suis en somme qu'un pis-aller, un instrument de vengeance. C'est flatteur pour moi.

GASTON — Mademoiselle, comment pouvez-vous ainsi me juger? Non, vous n'êtes pas un pis-aller. Vous êtes pour moi l'aurore d'une vie nouvelle. Voilà longtemps que je vous porte en mon coeur, comme qui dirait à l'état stagnant.

LÉONE — Vraiment, vous devenez véritablement lyrique. Je regrette que votre ami ne soit pas ici. Il ne vous reconnaîtrait certainement pas.

GASTON — Que voulez-vous mademoiselle? C'est vous qui m'avez ainsi changé.

LÉONE — Moi? Mais je ne vous ai rien dit. Je ne vous ai rien promis; c'est vous seul qui vous mettez des idées dans la tête.

GASTON — Mademoiselle Léone, ne soyez donc pas cruelle. Vous voyez que j'ai été atteint de ce fameux coup de foudre auquel vous m'avez dit si bien croire. *(Il se met à ses genoux.)* Léone, voulez-vous être ma femme?

LÉONE — Mais si je vous disais oui, vous ne seriez plus qu'un crétin?

GASTON — Être crétin par amour n'est pas être crétin.

LÉONE — Allons, il faut bien vous dire oui, pour éviter peut-être un malheur. *(À ce moment entrent Paul et Geneviève qui voient Gaston à genoux.)*

GENEVIÈVE — Eh bien. Léone, ma fille, qu'est-ce que cela signifie? On te laisse ici un moment, te priant d'attendre notre retour, et tu te fais faire la cour par un monsieur que tu ne connais ni d'Adam ni d'Ève. Tu n'as donc pas le respect de toi-même?

PAUL, *à Geneviève* — C'est mon ami dont je t'ai parlé. Celui qui ce matin m'a traité de crétin. *(À Gaston.)* Et c'est toi, toi... qui te permets de te jeter ainsi aux genoux de ma future belle-soeur? Et de quel droit? Veux-tu que je te dise ma façon de penser? Tu n'es qu'un vil crétin... un crétin... et je ne te l'envoie pas dire, hein?

GASTON — N'as-tu pas été le premier traître à l'amitié?

PAUL — Tu m'as causé une amère déception, car j'espérais que tu serais plus tard pour moi l'oncle-gâteau de mes enfants et qu'ils te monteraient sur les genoux afin de te tirer la barbe. Tous ces rêves sont finis. Oui, je te le répète, tu n'es qu'un crétin.

GASTON — Traite-moi de crétin si tu veux. À mon tour, alors, de te traiter de vil égoïste.

PAUL — Et en quoi suis-je égoïste?

GASTON — Tu vas le savoir. Tu rages de voir que moi aussi je vais me marier, parce que tu comptais sur moi comme oncle-gâteau, tu en baves.

LÉONE — Dites donc, vous deux, avez-vous fini de vous disputer? Cela nous promet un bel avenir conjugal si vous commencez déjà dès maintenant.

GASTON — Allons, mon vieux, donnons-nous la main et que tout soit fini.

PAUL — Oui, mais avec tout cela, où en sommes-nous?

GENEVIÈVE — Oui, où en sommes-nous? Léone, as-tu dit oui ou non à ton soupirant?

LÉONE — Mais je crois avoir dit oui. Ce monsieur m'a dit me porter de longue date déjà dans son coeur. Il se déclare prêt à être consumé par la flamme de son amour et me demande d'être sa femme afin d'éteindre cet incendie dévasteur. Enfin, il menace de se suicider si je ne lui donne une réponse favorable. Alors pour éviter de si grands malheurs, je n'ai pu faire autrement que de dire oui.

GENEVIÈVE — Alors, tout est bien, et si le braiser ne se consume pas avant ce temps-là, mon futur beau-frère, nous nous marierons le même jour.

LÉONE — Et les deux soeurs épouseront ainsi deux crétins.

RIDEAU

Monsieur, Madame et Bébé

On entend un cri de bébé...tous deux se précipitent à la porte...

La scène se passe dans une petite ville. Intérieur simple mais cossu.

PERSONNAGES

Jean Dubois, 25 ans
Gabrielle Dubois, sa femme, 25 ans
Catherine, vieille bonne
Le docteur
Bébé, invisible

MONSIEUR, MADAME ET BÉBÉ

SCÈNE 1
Jean et Gabrielle

JEAN — Tu diras ce que tu voudras, Gabrielle, mais tu es bien trop faible pour bébé. Tu t'alarmes pour un rien... tu en perds le sommeil.

GABRIELLE — Avec cela que tu l'es autant que moi. Au premier cri qu'il pousse, tu te précipites comme si on l'assassinait. C'est ici gros Jean qui prêche son curé.

JEAN — N'exagère donc pas. Bébé ne peut regarder de travers que tu le croies dans les convulsions. S'il tombe, il s'est cassé la jambe; s'il crie, il va se briser la voix; si enfin, il...

GABRIELLE — Moque-toi. Je suis une mère attentive et prévoyante. Je crains toujours pour ce pauvre mioche. Pense donc, s'il allait lui arriver malheur.

JEAN — C'est cela verse un pleur sur des choses qui pourraient arriver mais qui n'arriveront pas. *(On entend un cri de bébé... tous deux se précipitent à la porte et, arrivés là, se regardent.)*

GABRIELLE — Eh bien! Je croyais que tu ne courais pas au premier cri de bébé?

JEAN, *pris en faute* — Moi... nullement... je croyais entendre le téléphone et j'y courais, attendant une communication importante.

GABRIELLE — Ah! et moi aussi. Je me suis trompée. J'attends une communication de ma couturière. *(À part.)* Pourvu qu'il ne soit rien arrivé à bébé.

JEAN, *à part* — Espérons que bébé n'est pas tombé. *(Nouveau cri de bébé, tous deux se regardent, n'osant pas partir.)* J'ai à prendre des papiers.

GABRIELLE — Et moi, j'ai à finir un peu de couture là. *(Tous deux se précipitent et sortent.)*

SCÈNE 2
Catherine, seule.

CATHERINE, *entrant en riant* — Ben, mon dou! Si c'est pas une pitié. Bébé ne peut lâcher un petit cri ou... oui... je sais... tous deux courent comme si le diable était après eux. Et c'est alors des affaires: mon mignon, braille pas, tu vas faire bobo à ta petite gogorge, à ta petite tétête, à ton petit venventre. Il s'est tordu son petit piépied. C'en est-y des manières. Tiens, pour dire le crai, ça me fait suer. Et le plus comique c'est qu'aucun des deux ne veut l'avouer. Enfin, c'est point d'mes affaires, mais j'sais bin que cheux nous on était dix-huit enfants: j'suis la plus vieille, on ne se tracassait pas si l'un de nous criait ou s'il braillait. Crie donc, rappliquait mon popa, ça fera quelque chose de toi. Et si on s'taisait pas, une petite tape, là où vous savez, et on était quasiment comme des petits anges du bon Dieu. Ici, faut des châles de laine, des fourrures, un tas de fourbis.

SCÈNE 3
Catherine et Gabrielle

GABRIELLE, *entrant vivement* — Catherine, allez de suite chez le docteur et dites-lui de nous arriver au plus tôt.

CATHERINE — Y a-t-y queuqu'un de malade?

GABRIELLE — Bébé a crié tantôt bobo en montrant son petit venventre.

CATHERINE — Bin, c'est rien ça. Ça lui fait du bien de crier à c'te mioche. Faut qu'il crie pour devenir solide. Vous feriez pas tant d'affaire si j'vous disais que j'ai bobo à mon venventre.

GABRIELLE — Taisez-vous et ne vous occupez pas de ce que je fais. Allez vite.

CATHERINE, *allant doucement* — Bon! bon! On y va.

SCÈNE 4
Gabrielle, puis Jean

GABRIELLE — A-t-on jamais vu, une fille pareille? Ça ne sait pas ce que c'est que d'avoir un bébé et ça veut tout connaître. Pauvre chéri, s'il était vraiment malade. On ne prend jamais assez de soin pour ces petits êtres. Heureusement que je veille et que je le protège.

JEAN, *entrant* — Ah! tu es là? Je te croyais à la cuisine

GABRIELLE — Et bébé. Il ne va pas plus mal?

JEAN — Non,quand je l'ai laissé, il riait. As-tu envoyé chercher le docteur?

GABRIELLE — Oui, pourvu que Catherine ne soit pas longue à y aller.

JEAN — Et pourvu que le docteur ne nous dise pas que bébé a une grave maladie: inflammation d'estomac, péritonite, amydalite.

GABRIELLE — Affection pulmonaire, angine catarrhale, méningite.

JEAN — Pourtant, la petite bonne en prend bien soin.

GABRIELLE — Oui, je sais, mais c'est toujours une salariée. Ah! si c'était son enfant à elle, certes qu'elle ne l'abandonnerait pas un instant. Figure-toi qu'hier j'ai vu bébé se traînant à terre dans le jardin.

JEAN — Non, ce n'est pas possible. Se traînant à terre dans le jardin.

GABRIELLE — Oui, les mains pleines de terre. Songes-tu aux milliards de microbes qui peuvent se dégager du sol: microbes du choléra, de l'influenza.

JEAN — De la peste ou la thyphoïde.

GABRIELLE — De milliers de maladies.

JEAN — Peut-être même de la lèpre.

GABRIELLE — Qui sait si bébé n'a pas mis sa bouche contre le sol et humé de ces affreux microbes.

JEAN — As-tu de suite fait désinfecter ses lèvres.

GABRIELLE — Tu comprends. Et figure-toi que la bonne riait de cela. Elle disait que chez elle ses petits frères jouaient toujours dans la terre.

JEAN — Elle riait, l'infâme. C'est trop fort. *(Un cri de bébé.)*

GABRIELLE — As-tu entendu? Bébé a crié. *(Tous deux se sauvent par la droite alors que par la gauche entrent Catherine et le docteur.)*

SCÈNE 5
Catherine et le docteur

CATHERINE — Entrez, docteur, je vais appeler madame.

DOCTEUR — Non, ma vieille Catherine, attendez; j'ai à vous parler avant de voir madame. Et dites-moi, comment va réellement le bébé? Vous qui avez aidé votre mère à élever ses enfants, vous connaissez les enfants mieux que ces jeunes mariés.

CATHERINE — Ah! pour ça, docteur, je m'y connais aux enfants, mais je ne connais pas toutes ces histoires de microbes, de venventre, de têtête. Mais, m'a dire comme on dit, ce petiot il se porte comme le pont du Saint-Laurent. Un enfant qu'a tout pour être dépareillé en santé. Tenez, ça mange comme un vrai petit cochon quand sa mère n'est pas là. Mais quand elle est là, faut quasiment peser chaque bouchée que le bébé mange.

DOCTEUR — Lui donnez-vous à manger parfois?

CATHERINE — Bin, pour le sûr. Sa mère, elle ne lui donnait presque rien. Le gamin y devenait blême, mais blême. Alors j'm'ai mis à lui donner de la nourriture comme nous à la ferme. Bin, on ne peut plus le reconnaître. Ainsi quand l'enfant est un peu à l'air, madame elle lui met un mousquetaire sur la bouche.

DOCTEUR — Un mousquetaire. Que voulez-vous dire, Catherine?

CATHERINE — Bin pour le sûr, une étoffe qu'on se sert pour les maringouins.

DOCTEUR — Vous voulez dire une moustiquaire?

CATHERINE — Ah! oui, c'est peut-être bin ça. Enfin, c'est de la toile à fromage.

DOCTEUR — Et pourquoi lui mettent-ils cette étoffe sur la bouche.

CATHERINE — Bin, il disent que comme ça, le petiot il n'avalera pas de petites bêtes vu qu'il y en a partout. *(Elle rit.)*

DOCTEUR — De petites bêtes? Que voulez-vous dire?

CATHERINE — Bin, je ne sais pas bin vraiment comment ils appellent ça, mais j'ai cru comprendre qu'ils appellent ça des demi-globes. *(Elle rit.)*

DOCTEUR — Vous voulez dire des microbes.

CATHERINE — Ah! peut-être bin des d'mi robes.

DOCTEUR — Non, ce sont des MI-CROBES.

CATHERINE — Ah! oui. C'est bin ça qu'ils disent, des microbes. Enfin c'est des petites bêtes qu'on peut pas voir et qu'on avale et qui font du mal.

DOCTEUR — Ces pauvres parents... Les uns pèchent par manque de soins et les autres par excès de précautions.

CATHERINE — Faut voir ça, docteur, sitôt que bébé pousse un petit cri, ils courent tous les deux quasiment comme si le diable était derrière eux. Ah! c'est bin comique, allez. Ainsi tenez, hier à matin, bébé a crié deux minutes: madame elle a téléphoné au bureau à monsieur de venir tout de suite. Monsieur, il a pris un taxi et quand il est arrivé ici, bin, le petit, il était, sauf vot'respect, sur son petit pot et il riait. Je vous dis, moi, c'est un vrai cinéma qu'on a ici.

DOCTEUR — Bon, je suis venu aujourd'hui pour leur faire changer de méthode ou je ne reviendrai plus. Ils finiront par devenir malades eux-mêmes et à rendre malade leur bébé.

CATHERINE — Ça c'est vrai. Madame, elle ne mange quasiment plus et monsieur il a toujours mal à la tête. Ce n'est pas de bon sens.

DOCTEUR — Allez maintenant prévenir les parents que je suis ici, Catherine. Et surtout pas un mot de ce que nous avons dit ensemble.

CATHERINE — Pas peur, docteur, on sait se taire, allez. *(Elle sort.)*

SCÈNE 6
Docteur, puis Jean et Gabrielle

DOCTEUR — Et voilà un pauvre enfant qui peu à peu va s'étioler, dont la constitution va s'affaiblir par manque d'air et de bonne nourriture. Ah! ces parents sans expérience et se croyant plus médecins que leur docteur. Qu'ils aillent apprendre dans nos campagnes comment on fait des enfants des êtres forts et solides.

JEAN, *entrant avec Gabrielle* — Bonjour, docteur.

GABRIELLE — Ah! docteur que je suis heureuse de vous avoir ici. Venez avant tout voir bébé. Venez vite.

DOCTEUR, *s'asseyant* — Pardon, nous allons avant tout causer un moment et avant tout, dites-moi ce qui en est de votre enfant.

GABRIELLE — Mais docteur, il faut que vous voyiez bébé.

DOCTEUR — Pas maintenant. Je vous demande ce qu'a votre enfant. Je vous écoute.

JEAN — Parle-toi, tu es la mère...

DOCTEUR — Parlez donc, chère madame, je suis tout oreilles.

GABRIELLE — Voici docteur. Tantôt nous étions ensemble ici à causer, quand nous avons entendu un cri terrible.

DOCTEUR — Si terrible que cela?

GABRIELLE — Oh! oui. J'en avais le coeur transpercé. Nous nous précipitons...

JEAN, *interrompant* — Tu te précipites.

DOCTEUR — Bon... bon... vous vous précipitez tous deux. Et ensuite?

GABRIELLE — J'arrive près de bébé et d'une voix souffrante il me montre son petit venventre chéri.

DOCTEUR — Vous dites? Son quoi?

GABRIELLE — Son petit ventre en disant: bobo... bobo.... bobo..

JEAN — Oui, docteur... bobo... bobo... ce pouvait être très grave.

DOCTEUR — Oh! oui. Bobo veut dire... beaucoup ou rien. Continuez.

GABRIELLE — Un instant plus tard, comment dire? Nous entendons un petit bruit.

DOCTEUR — Un petit bruit? Où cela?

GABRIELLE — Dame, docteur, c'est difficile à dire... vous comprenez?

DOCTEUR — Voyons, était-ce dans la maison ou dans la rue.

GABRIELLE — Voilà, docteur, bébé avait exhalé un gros soupir.

DOCTEUR — Mais il n'y a rien a cela. Nous soupirons, je ne sais combien de fois par minute, autant que nous aspirons.

GABRIELLE — Oui, mais... ce n'est pas le même soupir.

DOCTEUR — Ah! je vous comprends. Dites tout simplement qu'il a laissé échapper un léger gaz musical.

GABRIELLE — Vous l'avez dit, docteur.

DOCTEUR — Bon. C'est tout naturel. Et ensuite?

GABRIELLE — Ensuite? Mais, c'est très grave; cela ne lui arrive jamais.

DOCTEUR — Non? Pauvre enfant!

GABRIELLE — Comment? Pauvre enfant?

DOCTEUR — Mais certainement car pour l'enfant c'est un signe de santé?

GABRIELLE — Ah! je ne savais pas.

DOCTEUR — Et que s'est-il passé ensuite?

GABRIELLE — Mais plus rien, bébé a ri.

DOCTEUR — Ah! bébé a ri? Eh bien! chère madame, moi je ne ris pas, car je n'aime pas être dérangé pour une simple flatulence d'enfant. Mon temps est trop précieux pour me déranger pour de telles vétilles.

JEAN — Mais, docteur, nous pensions que c'était très grave. Tant de maladies peuvent découler de douleurs au ventre.

DOCTEUR — Cher monsieur, vous aussi êtes dans l'erreur. Votre enfant se porte à merveille et vous êtes en train tous les deux d'en faire un enfant malingre et sans forces.

GABRIELLE — Je ne vous comprends pas, docteur.

JEAN — Ni moi davantage, docteur.

DOCTEUR — Dites-moi, vous êtes-vous déjà promenés à la campagne?

JEAN — Mais certainement et souvent même.

DOCTEUR — Bien. Avez-vous remarqué sur les chemins et dans les fermes des bébés gros et joufflus, roses et respirant la santé à pleins poumons?

GABRIELLE — Mais... docteur...

DOCTEUR — Ces enfants, bien lavés le matin, sont souvent à midi de vrais négrillons et ils sont remplis de terre.

GABRIELLE — Oh! docteur, mais ces enfants sont repoussants, ils respirent des miasmes par millions et des microbes.

DOCTEUR — Vous me faites bien rire avec vos microbes. Certes que les microbes sont dangereux, très dangereux même, mais un enfant sain et bien portant ne craint pas les microbes qui n'ont aucune prise sur eux. Laissez donc votre bébé se traîner à terre dans le jardin, ne lui mesurez pas à un quart d'once sa nourriture, cela par crainte d'entérite ou autre maladie. Laissez-le crier raisonnablement, cela lui développe le larynx. Il y a des précautions à prendre, mais ne dépassez pas les limites.

GABRIELLE — Vous voulez donc que nous tuions notre bébé?

DOCTEUR — Qui vous parle de tuer votre enfant? C'est précisément ce que vous êtes en train de faire avec toutes vos précautions intempestives et vos dix livres de médecine que vous consultez chaque jour. Un enfant faible est une proie facile pour tous les microbes et du train dont vous allez, vous ferez de votre enfant, non seulement un enfant faible, mais encore et surtout, un enfant gâté, habitué à voir toujours ses moindres caprices satisfaits au premier cri qu'il lancera. Il sera ainsi en grandissant un vrai tyran insupportable à tous comme à lui-même et plus tard un être qui ne vous pardonnera jamais la manière dont vous l'aurez élevé.

GABRIELLE — Mais enfin docteur, il y a...

DOCTEUR — Je ne vous en dis pas davantage; à vous de réfléchir.

GABRIELLE — Mais venez au moins voir bébé.

DOCTEUR, *prenant son chapeau* — Voir votre enfant? Et pourquoi? Un docteur ne perd pas son temps à voir les gens bien portants.

JEAN — Nous eussions voulu que vous l'examiniez au moins.

DOCTEUR — Ne me faites donc pas rire, mes amis. Vous êtes plus malades que le bébé, je vous le garantis.

GABRIELLE — Nous? malades? Allons donc...

DOCTEUR, *montrant la tête* — Oui, certainement. Je vous conseillerais de partir ensemble pour quelques jours à la campagne afin de revenir à vous et de laisser le soin complet de votre bébé à votre vieille Catherine qui en connaît bien plus long que vous sur le sujet d'élever un enfant, en ayant élevé dix-huit dans sa famille. Et vous le retrouverez en revenant, fort et vigoureux. C'est là mon dernier mot. Si, un jour, bébé se trouvait vraiment malade, je serai toujours à votre disposition. Au revoir, mes amis et bon voyage. *(Il sort.)*

SCÈNE 7
Jean et Gabrielle

Ils restent tous deux un instant pétrifiés à se regarder.

JEAN — Eh bien! Vrai. Voilà qui me la coupe.

GABRIELLE — Et moi donc? C'en est-il un drôle de docteur qui ne veut même pas examiner un enfant qu'on lui dit malade.

JEAN — Je t'avouerai bien franchement, Gabrielle, que je crois au fond qu'il a raison et que nous nous y sommes mal pris jusqu'ici.

GABRIELLE — Alors tu serais de l'avis de ce docteur?

JEAN — Mais oui. Je pense que nous...

(À ce moment, on entend deux cris de bébé. Tous deux vont se précipiter, mais s'arrêtent au milieu de la salle et se regardent.)

GABRIELLE — Alors, tu ne cours pas?

JEAN — Alors, tu ne te précipites plus?

GABRIELLE — Que dis-tu de cette idée saugrenue de faire un voyage?

JEAN — Je dis qu'il a parfaitement raison et que dès ce soir, nous allons faire le plein d'essence de l'auto et filer pour quinze jours.

GABRIELLE — Mais tu es vraiment fou! Abandonner bébé!

JEAN — Oui, madame, je suis fou et c'est pour cela que nous allons nous soigner tous deux à la campagne.

(On entend Catherine rire aux éclats dans la coulisse et finalement elle entre en riant.)

SCÈNE 8
Les mêmes et Catherine

CATHERINE — Bin! Bin! mon dou! faut voir bébé.

GABRIELLE, *inquiète* — Vite, dites, qu'est-il arrivé?

CATHERINE — Non, c'est-y comique. Faut voir.

JEAN — Mais parlez donc au lieu de rire.

CATHERINE — Bin, v'là. La petite bonne était partie une minute et pendant ce temps, bébé qu'est malin comme un député, s'est sorti de sa chaise et il s'a roulé dans le sable.

GABRIELLE — Vite! vite! les microbes.

JEAN — Laisse-le donc s'amuser.

GABRIELLE — Tu veux tuer ton enfant?

JEAN — Non; je veux en faire un homme et non plus un être sans forces.

CATHERINE — Ayez pas peur, madame, bébé n'a jamais ri comme ça, c'est un vrai petit cochon.

GABRIELLE — Mais il faut aller le prendre et le laver.

JEAN — Laisse-le, te dis-je, le docteur à raison; nous étions plus malades que bébé. Catherine, nous partons tous deux pour quinze jours. Vous soignerez bébé comme vous avez soigné vos frères et soeurs.

CATHERINE — Bin, ça, monsieur, c'est parler. Attendez que vous reveniez, vous ne reconnaîtrez plus monsieur bébé.

JEAN — Et nous deux, Gabrielle, allons préparer nos valises.

GABRIELLE - Oh! mon bébé! Mon bébé!

RIDEAU

Philibert

"Ah! tant mieux. J'en suis charmé. Pauvres femmes, épouser un Philibert. Qui donc voudrait s'appeler madame Philibert?"

La scène se passe dans le bureau de Philibert.

PERSONNAGES

Philibert Durand
Madame sa mère
Estelle de la Roche noire
Huguette, sténo-dactylo de Philibert

PHILIBERT

SCÈNE 1
Philibert, Madame sa mère

MADAME — Voilà cent fois que je te le répète, mon pauvre Philibert, tu dois songer à te marier; la petite Estelle de la Roche noire est folle de toi et n'attend qu'un mot pour se jeter dans tes bras. Elle est parfaite.

PHILIBERT — Mais, maman, c'est justement ce mot-là que je ne puis dire. Quand je suis avec elle, elle m'entretient de produits chimiques, de trigonométrie, de carré de l'hypothénuse et d'autres balivernes du même genre. Elle finirait par me faire tourner en microbes, en vibrions, en ascocoques, etc...

MADAME — C'est une femme supérieure qui a de superbes diplômes.

PHILIBERT — Or, comme je suis auprès d'elle un homme inférieur, n'étant que simple licencié ès lettres.

MADAME — Que veux-tu dire?

PHILIBERT — C'est que je vois en la femme autre chose qu'un bas-bleu voulant m'expliquer pourquoi un rond est rond et un carré carré. Pourquoi tel microbe est plus gentil ou plus virulent que tel autre?

MADAME — Que tu es difficile, mon pauvre Philibert.

PHILIBERT — Mais il n'en est pas de plus facile que moi. Je veux une femme, entendez-vous, une **FEMME** et non un professeur d'université, une pédante. Je veux une épouse aimant son intérieur et digne d'être une mère de famille; une femme sachant diriger son ménage au lieu d'aller chaque jour passer des heures à jouer aux cartes en son club ou une inutilité faisant cuire un bifteck dans les produits chimiques afin d'en enlever les microbes.

MADAME — Que tu es donc bêta, mon pauvre grand.

PHILIBERT — Peut-être suis-je arrière et vieux système;

mais je vois autour de moi trop de ces ménages pour lesquels le mariage n'est qu'un vain mot et ne se complaisent qu'en dehors de chez eux.

MADAME — C'est l'exception cela.

PHILIBERT — Pardon, dites la généralité.

MADAME — Enfin...c'est toi qui te maries.

PHILIBERT — Maman, voulez-vous me faire un grand plaisir? Un très grand même?

MADAME — Mais je ne demande que cela, c'est mon seul désir.

PHILIBERT — Ne me parlez plus de mariage avec Estelle. Le jour est proche peut-être ou je vous dirai; maman, je me marie, voici ma fiancée. D'ici là, laissons de côté cette question mariage.

MADAME — Mais enfin, Estelle a tout: beauté, fortune, intelligence.

PHILIBERT — Oui, elle a TROP...trop pour moi. Je n'aime pas cet as des as.

MADAME — Enfin, je te cède et ne t'en parlerai plus. Mais hâte-toi de me présenter une fiancée que je puisse aimer. Et là-dessus, je te laisse travailler. À tantôt, mon grand garçon.

PHILIBERT — À tantôt, maman, pour le déjeuner. *(Elle sort.)*

SCÈNE 2
Philibert puis Huguette

PHILIBERT, *à son bureau* — Bon! Achevons maintenant notre courrier. La pauvre maman est entichée de cette Estelle. En somme ces pauvres mamans ce ne sont pas elles qui s'enchaînent pour la vie. Je me demande ce que cette Estelle a pu faire pour enjôler maman. *(Appelant.)* Mademoiselle Huguette.

HUGUETTE — Vous m'avez appelée, monsieur Philibert?

PHILIBERT — Oui, Mademoiselle. Auriez-vous la bonté de prendre des dictées, je vous prie?

HUGUETTE — Mais certainement, Monsieur. *(S'asseyant.)* Je vous suis, Monsieur.

PHILIBERT — Mais avant tout, je voudrais, Mademoiselle, vous poser quelques questions. Dites-moi, que pensez-vous du carré de l'hypothénuse?

HUGUETTE, *étonnée* — Qu'est-ce que c'est que cela, M. Philibert?

PHILIBERT — Quoi! Vous ignorez ce qu'est ce carré? Une aussi grave question?

HUGUETTE — Je l'avoue humblement, je n'en sais rien.

PHILIBERT — Eh bien! je vais vous l'apprendre. C'est un carré qui, que... enfin, c'est de la géométrie. Alors, vous l'ignorez vraiment?

HUGUETTE — Oui, complètement.

PHILIBERT — Allons, tant mieux.

HUGUETTE — Pourquoi, tant mieux?

PHILIBERT — Parce que...mais parce que pour rien...Et dites-moi, Mademoiselle Huguette, supposez que l'on vous donne à cuire un beau bifteck, mais que l'on vous dise que sur la viande, en général, il y a des microbes par milliers... Que feriez-vous en ce cas?

HUGUETTE — Non...en voilà une question... Mais qu'avez-vous donc, M. Philibert?

PHILIBERT — Je vous parle sérieusement Mademoiselle. Que feriez-vous de ce simple bifteck?

HUGUETTE — Avant tout, je le laverais bien soigneusement, car on ne sait jamais qui a manipulé la viande; je la sécherais bien; puis je la mettrais sur le gril au-dessus d'un beau feu de bois bien clair, y mettant sel et poivre et un peu de beurre.

PHILIBERT — Et vous ne le laveriez pas d'abord dans un bain de produits chimiques?

HUGUETTE — Mais pourquoi faire?

PHILIBERT — Pour tuer les microbes.

HUGUETTE — Mais M. Philibert, qu'avez-vous donc? Jamais vous ne m'avez parlé de cela. Auriez-vous la microphobie?

PHILIBERT — Mademoiselle Huguette, savez-vous cuisiner?

HUGUETTE — Cette question encore. J'ai suivi, en pension pendant deux ans, un cours d'études ménagères, et maintenant mon plaisir le dimanche est de préparer de petits plats fins pour mon père, ma mère et mes frères et soeurs.

PHILIBERT — Aiment-ils votre cuisine? Se régalent-ils?

HUGUETTE — S'il se régalent! Mais, M. Philibert, où donc voulez-vous en venir? Par hasard votre cuisinière serait-elle partie et seriez-vous dans l'embarras pour votre repas de ce soir? Si tel était le cas, ce serait avec plaisir que j'aiderais madame votre mère.

PHILIBERT — Non...non...mais je fais une étude très approfondie.

HUGUETTE, *riant* — Sur les biftecks infestés de microbes?

PHILIBERT — Mademoiselle Huguette, une question encore: Comment cuisez-vous les pommes de terre? C'est très important.

HUGUETTE — Les pommes de terre? Mais il y a cent manières...à l'eau, en robe des champs, en purée, en salade, en rissoles, lyonnaise, frites au gratin, étuvées, sautées, au persil, à la russe, aux oignons, à la...

PHILIBERT — Assez...assez...

HUGUETTE — Mais je ne fais que commencer l'énumération qui est très longue.

PHILIBERT, *ébahi* — Eh vous savez accommoder les pommes de terre de toutes ces façons-là? Mais c'est extraordinaire.

HUGUETTE — Qu'y a-t-il de si extraordinaire à cela? Mais M. Philibert, il est temps pour le courrier, nous perdons du temps et il a des lettres très pressées. Nous serons en retard.

PHILIBERT — Que m'importe le courrier. Mademoiselle
Huguette, seriez-vous capable de diriger une maison où il
n'y aurait qu'une bonne?

HUGUETTE — Mais M. Philibert, vous êtes un peu...

PHILIBERT — Indiscret? Dites-le.

HUGUETTE — Non...mais inquisiteur.

PHILIBERT — Pardonnez-moi, mais ces renseignements me
sont nécessaires pour une personne qui...que...enfin qui...

HUGUETTE — Et qui donc est-ce, M. Philibert?

PHILIBERT — À mon tour de vous dire que vous êtes un peu
indiscrète.

HUGUETTE — Je vous demande pardon, mais vous êtes si
énigmatique que...

PHILIBERT — Je constate que vous n'avez point répondu à
ma question: pourriez-vous diriger seule un ménage?

HUGUETTE — Mais de cela je n'ai aucun doute; seulement,
pour ce cas, il faudrait me marier. Or, qui donc voudrait
épouser une simple petite sténo-dactylo, sans baccalau-
réat. Oh! M. Philibert, ne me faites pas rire. Nous ne
sommes plus au temps où les rois épousaient des ber-
gères. D'ailleurs, si ce cas se présentait, je ne voudrais
pas de bonne au commencement du mariage. La vie à
deux pourrait en être troublée.

PHILIBERT — Mademoiselle Huguette, je ne ris pas. Je n'ai
même nulle envie de rire. Tenez, je n'ai plus ni le goût ni le
temps de vous dicter des lettres. Avez-vous terminé celles
de ce matin?

HUGUETTE — Il m'en reste deux à terminer.

PHILIBERT — Eh bien! je dois sortir un instant; j'ai ici
quelques lettres à classer, voulez-vous faire ce petit travail pour moi. Vous achèverez vos lettres tantôt, lorsque
je serai rentré.

HUGUETTE — Certainement, M. Philibert. *(Il sort.)*

SCÈNE 3
Huguette seule

HUGUETTE, *remue des papiers et classe des lettres* — Que signifient toutes ces questions? Pour qui donc pourrait-il ainsi faire mon examen de conscience? Si ce pouvait être lui-même. Car je l'aime bien, M. Philibert... mais il ne le saura jamais... Quoi, lui, le célèbre avocat, épouser une petite sténo-dactylo. Mais où me mène donc la folle du logis? Il ne m'a jamais rien dit qui pût me laisser supposer qu'il eût quelques penchants pour moi... quoique pour moi il soit toujours très aimable, charmant même, tout en étant très respectueux. Pourtant, un jour, je me rappelle... mais non... Mademoiselle de la Roche noire est folle de lui et ils sont presque fiancés... et puis, elle est de son rang, tandis que moi pauvre petite Huguette... non. M. Philibert n'est pas pour toi. Ne fais donc pas de rêves. D'ailleurs aussi, madame sa mère le pousse à son mariage avec Estelle. Mais enfin, supposons qu'il me fasse une demande... que dirais-je? Je bafouillerais... je rougirais. Ça c'est couru. *(Rangeant les papiers.)* Dix octobre... Douze octobre... Dix-huit octobre... Tout cela est en règle... Voilà le travail terminé. *(Elle chante et pendant qu'elle chante Philibert entre sans qu'elle ne le voie. Elle chante "Vive la Canadienne" et Philibert après l'avoir écoutée chante le refrain avec elle.)*

SCÈNE 4
Huguette et Philibert

PHILIBERT — Oui, Mademoiselle Huguette, la Canadienne a de bien jolis yeux doux et vous les avez doux entre toutes.

HUGUETTE — Oui, moquez-vous, M. Philibert.

PHILIBERT — Vous savez bien, Mademoiselle Huguette, que je ne me moque jamais de personne, et surtout de vous. Mais je ne sais ce que je ressens aujourd'hui, je me sens joyeux comme un pinson. Allez finir mes lettres ou nous allons encore perdre du temps et je vous poserai de nouvelles questions.

HUGUETTE — En effet, vous m'avez fait perdre bien du temps. *(Elle sort en riant.)*

SCÈNE 5
Philibert et Estelle

PHILIBERT — Aimable enfant. Quelle épouse elle ferait pour toi, mon vieux Philibert. Mais voudra-t-elle de moi? Et néanmoins, quand elle me regarde, elle a un air de...un air...oui...je me comprends... *(Il chante fort, "Vive la Canadienne", quand Estelle entre en toilette tapageuse, lunettes, et livres sous le bras.)*

ESTELLE — Tiens, M. Philibert qui chante. Quand on a une voix comme la vôtre, il vaut mieux ne pas chanter, croyez-moi, mon ami.

PHILIBERT — Ah! vous trouvez? Eh bien! je chante néanmoins.

ESTELLE — Et pendant ce temps vos affaires ne marchent pas.

PHILIBERT — Les affaires? Elle ne se font pas, comme vous le dites si bien, Mademoiselle.

ESTELLE — Je viens de faire une découverte extraordinaire...mirobolante.

PHILIBERT — Ah! vous avez découvert le mouvement perpétuel ou le nombre de pattes que possèdent certains microbes?

ESTELLE — Mieux que cela. J'ai découvert le nombre de microbes du choléra pouvant tenir sur une tête d'épingle. Devinez combien?

PHILIBERT — Je vous dirai que je n'attache pas assez d'importance aux petits animalcules pour me donner la peine de penser au nombre qu'il en peut tenir sur une tête d'épingle. D'ailleurs, j'ai découvert bien mieux, moi.

ESTELLE — Quoi, vous deviendriez moins terre à terre et commenceriez à vous intéresser à ces études-là?

PHILIBERT — Oui, j'ai découvert le moyen de chasser les microbes d'un bifteck.

ESTELLE — Je vous l'ai appris, ce n'est pas bien malin.

PHILIBERT — Non...non...c'est un vieux système: Vous prenez votre bifteck, le lavez bien, car on ne sait qui a manipulé la viande; on la met ensuite sur le gril au-dessus d'un feu bien vif de charbon de bois, pui...

ESTELLE — Mais que vous êtes donc vulgaire, mon pauvre.

PHILIBERT — Et j'ai fait une autre découverte encore.

ESTELLE — Est-elle au moins un peu plus intelligente que la première?

PHILIBERT — C'est qu'il existe plus de trente-cinq manières d'accommoder les pommes de terre: Lyonnaise, frites, en purée, au...

ESTELLE — Assez...assez...vous moquez-vous? Que ferait de vous une femme savante dont l'idéal est de faire des recherches. Oser me parler de ces misérables tubercules.

PHILIBERT — Oui, ce que ferait de moi une femme savante. Rien de bon, je gage.

ESTELLE — Là, vous avez dit une grande vérité.

PHILIBERT — Elle me laisserait de côté tout comme moi je la laisserais dans son laboratoire à l'élevage de ses microbes et de ses vibrions.

ESTELLE — Vous ne serez jamais un savant, Philibert. Jamais vous n'aurez de succès dans le monde de la science. C'est à désespérer. Et néanmoins bien des femmes seraient heureuses de vous avoir pour époux, vous déjà si célèbre comme avocat.

PHILIBERT, *s'animant et narquois* — Ah! tant mieux. J'en suis charmé. Pauvres femmes, épouser un Philibert. Qui donc voudrait s'appeler madame Philibert *(Narquois et riant.)* Épouser Philibert. Ah! Ah! ce fou de Philibert qui ne connaît pas le nombre de microbes tenant sur une tête d'épingle... Philibert... Ah!...Ah! Ah!

ESTELLE, *stupéfaite* — Mais qu'avez-vous donc?

PHILIBERT — Il y a Mademoiselle Estelle de la Roche noire, que depuis quelques mois que nous nous connaissons, il n'y a vraiment que depuis deux jours que je vois que Philibert le terre à terre, l'ignorant, n'est point le mari qui pût convenir à une lumière de la science telle que vous et...

ESTELLE — Oh! j'en ai assez. Vous n'êtes vraiment bon qu'à être un petit bourgeois en pantouffles au coin de son feu. Adieu... *(Elle sort vite.)*

SCÈNE 6
Philibert puis Huguette

PHILIBERT— Et voilà, finita la comedia. Adieu, carré de l'hypothénuse. Adieu les microbes tenant sur une tête d'épingle. Que dira madame ma mère? Avoir osé faire comprendre à Mademoiselle Estelle de la Roche noire que ses microbes et ses cucurbitacées m'intéressaient pas plus que sa personne. Et, moi, qui généralement ne me sens que peu d'audace, je me sens aujourd'hui capable de toutes les audaces. J'embrasserais. *(Il se dirige vers la porte du bureau d'où sort Huguette et ils tombent nez à nez.)*

HUGUETTE — Oh! M. Philibert...voici vos lettres terminées.

PHILIBERT — Mes lettres? Je me fiche bien de mes lettres aujourd'hui, Huguette.

HUGUETTE, *estomaquée* — Mais M. Philibert, qu'avez-vous donc?

PHILIBERT — Il y a, Huguette... Je laisse mademoiselle au bureau. Il y a, Huguette, que je n'entendrai plus parler de microbes virulents, de carrés, de ronds ronds, de trigonométrie, je suis trop terre à terre, trop vulgaire.

HUGUETTE — Je ne vous comprends pas, mais pas du tout.

PHILIBERT — Venez vous asseoir un instant auprès de moi. Il y a donc que je viens de dire à Mademoiselle Estelle de la Roche noire que je n'étais nullement un mari pour elle et qu'elle n'avait qu'à me laisser de côté.

HUGUETTE — Quoi, vous avez rompu avec elle?

PHILIBERT — On ne rompt que ce qui a été attaché, or les microbes de cette lumière de la science et moi-même ne ferions pas bon ménage.

HUGUETTE — Mais tout le monde vous disait fiancé.

PHILIBERT — Ah! on me disait fiancé! Jamais je ne l'ai été; mais, néanmoins, si vous le vouliez, Huguette, je pourrais bien le devenir.

HUGUETTE — Que dites-vous, M. Philibert? Moi...

PHILIBERT — Oui, Huguette, oui, vous; à moins que je ne vous déplaise à un point tel que je vous fasse horreur.

HUGUETTE — Oh! M. Philibert. Je ne dis pas cela, mais je ne suis qu'une pauvre petite sténo-dactylo sans nulle fortune et travaillant pour aider ses vieux parents.

PHILIBERT — Voyons, Huguette, la main sur le coeur, m'accepteriez-vous pour mari? Consentiriez-vous à devenir ma femme?

HUGUETTE, *radieuse mais simple* — Mais, M. Philibert, cette demande est si soudaine, si inattendue, que vous me voyez...

PHILIBERT — Dites, croyez-vous qu'avec des efforts, de violents efforts, vous pourriez arriver à aimer ce terre à terre de Philibert?

HUGUETTE, *souriante* — Je crois qu'il ne me faudrait pas de biens grands efforts.

PHILIBERT — Alors, je ne vous suis pas tout à fait indifférent?

HUGUETTE — Oh! non! non! *(Plus bas.)* au contraire. Mais, M. Philibert...

PHILIBERT — Laissez donc de côté le monsieur comme j'ai laissé mademoiselle.

HUGUETTE — Mais, je n'oserai jamais...

PHILIBERT — Osez...osez...Huguette...osez...

HUGUETTE — Philibert, que dira madame votre mère?

PHILIBERT — Maman, elle le prendra d'abord très mal, puis vous pressera dans ses bras en disant qu'elle avait toujours rêvé d'une belle-fille telle que vous.

HUGUETTE — En somme, rien qu'une pauvre petite sténodactylo pour belle-fille!

PHILIBERT — Huguette ne vous jugez pas ainsi, rien de plus beau à mes yeux qu'une jeune fille qui travaille et peine afin d'aider ses vieux parents. C'est là de la vraie noblesse de coeur qui vaut toutes les noblesses de la terre, qui vaut mieux que toutes les fortunes. D'ailleurs, Huguette, ce n'est point ma sténo-dactylo que je vais présenter comme ma fiancée.

HUGUETTE, *inquiète* — Que voulez-vous dire?

PHILIBERT — Qu'à partir de ce moment, je vous renvoie comme ma secrétaire. Vous êtes simplement Mademoiselle Huguette Dumouriez, sans profession autre que celle de fiancée de l'avocat Philibert Levaillant. Quant à la situation de vos vieux parents, Huguette, ma petite Huguette, soyez sans inquiétude, ils ne manqueront jamais de rien.

HUGUETTE — Que vous êtes bon, M. Phili...

PHILIBERT, *interrompant* — Qu'est-ce que c'est...Monsieur?

HUGUETTE — Je vous le répète, vous êtes bon, Philibert.

PHILIBERT — Et maintenant, une petite formalité de patron à secrétaire. Quand on renvoie une employée, on lui doit le paiement de trois mois d'avance.

HUGUETTE — Mais...

PHILIBERT — Laissez-moi parler, je vous prie, vous êtes encore ma secrétaire pour un petit moment. *(Il écrit un chèque et le lui donne.)* Voici.

HUGUETTE, *voyant le montant* — Mais...mais...c'est bien trop. Mille dollars.

PHILIBERT — En conscience, je vous les dois. Puis, vous aurez bien des frais à faire pour votre mariage.

HUGUETTE — Non...je ne puis accepter.

PHILIBERT — Huguette, comme patron, je vous ordonne de prendre ce juste salaire qui vous est légitimement dû, ou bien...

HUGUETTE, *câline* — Vous vous fâcherez?

PHILIBERT — Oui, je me fâcherai. Et maintenant que nous sommes bien d'accord, car nous le sommes bien, n'est-ce pas, Huguette?

HUGUETTE — Mais oui, mon cher Philibert.

PHILIBERT — Si nous nous donnions notre baiser de fiançailles.

HUGUETTE — Et un grand et gros encore, mon Philibert. *(Pendant qu'ils s'embrassent, la mère entre.)*

SCÈNE 7
Les mêmes et la mère

MADAME — Oh! Philibert...Philibert...mon fils que vois-je?

PHILIBERT — Que voyez-vous, maman?

MADAME — Cette conduite avec votre secrétaire. C'est scandaleux.

PHILIBERT — Quelle secrétaire?

MADAME — Mais Mademoiselle Huguette...

PHILIBERT — Mais, maman, vous vous trompez; cette jeune fille n'est nullement ma secrétaire.

MADAME — Vous moquez-vous, mon fils?

PHILIBERT, *mi-dramatique* — Moi, me moquer de l'auteur de mes jours. Oh! fi! Mais je vous affirme que cette demoiselle à laquelle je disais un mot à l'oreille...

MADAME — Pardon, vous l'embrassiez.

PHILIBERT — Ah? Est-ce vrai? Ce n'était du moins que l'accessoire. Je dis donc que cette charmante demoiselle n'est nullement ma secrétaire, que je l'ai renvoyée à l'intant, mais ma fiancée.

MADAME — Hein! quoi! votre fiancée? Elle?

PHILIBERT, *glacé* — Oui, madame ma mère, elle, Huguette Dumouriez, demeurant chez ses parents et...

MADAME — Mais Estelle de la Roche noire?

PHILIBERT — Estelle restera avec ses microbes, son carré et ses vibrions. Je veux une épouse qui sache être une compagne aimante, dévouée, capable de diriger son ménage, au lieu d'un bas-bleu pédant et inutile.

MADAME — Mais que lui diras-tu à Estelle?

PHILIBERT — C'est fait. Quand je m'y mets, je ne marche plus, je cours, je vole. Et maintenant, Huguette, allez donc embrasser votre seconde maman. Vous verrez qu'elle vous aimera bien.

HUGUETTE, *allant vers la mère* — Est-ce vrai, madame?

MADAME, *la prenant dans ses bras* — Ma petite, je t'aime déjà. J'avais toujours rêvé pour mon Philibert une épouse telle que toi.

PHILIBERT — Je te l'avais bien dit, Huguette, que maman t'aimerait de suite et quant à vous, maman, je vous avais prédit aussi que vos rêves se réaliseraient un jour.

RIDEAU

Maître chez soi

"Comment toi, madame Portoi, la mairesse de Saint-Pancrace, tu ne vois donc pas clair? Tu ne comprends rien à la haute politique. C'est une question d'honneur..."

La scène se passe dans le grand village de St-Pancrace en l'an de grâce que l'on voudra.

PERSONNAGES

Monsieur le maire Portoi
Madame la mairesse Eulalie
Alberte, leur fille, très romanesque
Latourelle, clerc de notaire
Babette, la vieille bonne campagnarde

MAÎTRE CHEZ SOI

SCENE 1
Eulalie et Alberte

EULALIE — Alberte, viens donc un instant que nous puissions arranger les comptes de la semaine.

ALBERTE — Oui, maman.

EULALIE — Nous disions donc que nous avons payé le poulet un dollar soixante-quinze, sans compter les épices et le hachis.

ALBERTE, *évasive* — Oui, maman.

EULALIE — Avec cela nous avons payé quatre-vingt-cinq sous, je crois.

ALBERTE — Oui, maman.

EULALIE — Sais-tu combien nous avons payé la pâtisserie?

ALBERTE — Oui, maman.

EULALIE — En ce cas dis-moi combien tu l'as payée.

ALBERTE — Oui, maman.

EULALIE — Non, mais dis-moi, sais-tu bien que tu deviens agaçante avec tes oui, maman.

ALBERTE — Oui, maman.

EULALIE — Non, mais as-tu bientôt fini? Tu m'exaspères.

ALBERTE — Oui, maman.

EULALIE — Enfin, me diras-tu si tu es ici à Saint-Pancrace ou dans la lune?

ALBERTE — Oui, maman.

EULALIE — Te moques-tu de ta mère, oui ou non? Réponds-moi.

ALBERTE — Oui, maman, vous avez raison.

EULALIE — Ainsi, tu reconnais te moquer de ta mère. Je m'en doutais.

ALBERTE — Ah! mais de quoi donc vous doutiez-vous, maman?

EULALIE — Que tu te moquais de ta vénérable mère. Et dans quel but? Allons réponds-moi. Et si tu es dans les nuages, donne-toi la peine de redescendre sur la terre.

ALBERTE — Moi, moi, me moquer de ma mère? D'un aussi noir dessein, ne croyez pas votre fille capable.

EULALIE — Alors, où étais-tu? Tu as l'air de sortir d'un rêve.

ALBERTE, avec emphase — Je pensais... je pensais...

EULALIE — Tu pensais... tu pensais... à ton ouvrage, peut-être?

ALBERTE — Oh! non, je pensais à lui... à lui...

EULALIE — Veux-tu me dire ce que c'est que ce LUI?

ALBERTE — Mais sur toute la surface de notre planète, il n'y a qu'un LUI et il ne peut y en avoir qu'un seul.

EULALIE — Enfin, me diras-tu?

ALBERTE — Mais Paul, mon petit Paul Latourelle.

EULALIE — Ton Paul, tu y vas bien, il est loin d'être jamais ton Paul et je crains bien qu'il ne le soit.

ALBERTE, avec emphase — Hélas! Hélas! j'en mourrai.

EULALIE, imitant Alberte — Hélas! Hélas! j'en mourrai... on ne meurt pas pour un homme, ma fille. Il y en a trente-six à la douzaine.

ALBERTE — Il n'y en a qu'un seul comme mon Paul.

EULALIE — Tu l'aimes donc tant que cela, ce Paul Latourelle? Que tu irais volontiers dans le royaume des ombres si tu ne l'avais pas?

ALBERTE — Si je l'aime... si je l'aime... mais j'en rêve la nuit et j'y pense le jour. Je le vois en songe, me mettant sur un trône d'or et me couvrant de fleurs.

EULALIE — Oui, des fleurs artificielles.

ALBERTE — Oh! maman, ne vous moquez pas. Je le vois en archange, en chérubin.

EULALIE — Je suppose bien que tu ne le vois pas en Vénus toujours.

ALBERTE — Quelle vilaine pensée vous avez, maman.

EULALIE — Bref, vois-le comme tu voudras, mais en songe, car je crains bien que ce sera jamais la seule manière pour toi de l'avoir à toi. Tu sais très bien que ton père, monsieur le maire de Saint-Pancrace, te destine un mari de son choix, et tu n'ignores pas que la volonté de ton père c'est le roc de Gibraltar, les falaises d'Angleterre, le mur de Chine. Tout vient se briser contre ces forces. Quand l'auteur de tes jours a dit: je suis le maître, il a tout dit et il n'y a plus qu'à s'incliner et répondre: Amen.

ALBERTE — Oh, c'est trop affreux. Et que faire pour arriver à briser cette volonté? Je te déclare que jamais je n'épouserai un autre que mon Paul. J'entrerai plutôt au couvent. Je partirai en Afrique, chasser le tigre et le lion et même l'éléphant. J'irai soigner les lépreux ou même j'irai me jeter du haut d'un gratte-ciel à New-York.

EULALIE — Ma pauvre Alberte, tu ne dis que des sottises. D'abord, en te jetant du haut d'un gratte-ciel, tu pourrais tomber dans les bras de quelque célibataire et par le fait même presque obligée de l'épouser.

ALBERTE — C'est vrai. Je n'y avais pas songé, alors je me jetterai dans la rivière.

EULALIE — Et si quelque célibataire passant par là allait te sauver; tu serais virtuellement obligée de l'épouser. Il faut trouver autre chose ma pauvre enfant.

ALBERTE — Alors je resterai vieille fille et je vivrai dans le jeûne et l'abstinence.

EULALIE — Ne me fais pas rire, toi, dans le jeûne et l'abstinence, toi, qui aimes tant bien manger. Allons donc, ne disons plus de bêtises et comme cocardasse dans le bossu, parlons peu mais parlons bien. Il est donc entendu que tu veux épouser ton Paul Latourelle et cela malgré tout.

ALBERTE — Oui, maman, c'est irrévocable. D'ailleurs, il m'aime.

EULALIE — Ah! Ah! tu ne me l'avais jamais dit. Enfin,

passons. C'est donc là le motif de ta pâleur et de tes rêveries. Ton père m'en parlait précisément hier soir en me disant: Madame Portoi, notre petite n'a pas de bonne couleurs, elle est rêveuse. Il faudrait marier cette enfant-là, et je crois avoir pour elle un parti excellent, car il ne se trouve dans ce patelin nul parti digne de cette petite perle.

ALBERTE — Il a dit cela? Mais il connaît pourtant Paul.

EULALIE — Qu'est donc pour lui ce Paul? Un simple clerc de notaire, il veut bien plus haut que cela pour toi.

ALBERTE — Un aviateur, alors.

EULALIE — Ou un député, ils savent tous deux voler à l'occasion. Pauvre petite, comment arriver à faire accepter ton Paul par Monsieur le maire. Ce sera aussi difficile que de prendre la lune avec les dents.

ALBERTE — Oh! je le vois bien. Il ne voudra jamais.

EULALIE, *vivement* — Attends, ma fille, attends. Une idée géniale vient de surgir dans ma boîte crânienne et je l'arrête au passage. Je l'ai là... tiens... dans mon cerveau et il faudra bien que le diable s'en mêle si je n'arrive pas à te faire épouser ton Paul.

ALBERTE — Oh! maman, si c'était vrai, je...

EULALIE — Ne me distrais pas. Je réfléchis. Tu l'auras ton Paul, foi de la mairesse de Saint-Pancrace, et cela ce jour même.

ALBERTE — Il faut que je vous embrasse pour cette promesse.

EULALIE — Oui, tu le peux, car l'affaire et aussi claire que faite. Mais pour cela il faudra que je me fasse malmener par ton père et qu'en outre, je mente plus effrontément que je ne le fis jamais. Il faudra que Babette mente aussi, ce qui ne lui sera pas difficile. Et maintenant, écoute bien ta mère et suis bien ses instructions. Tu ne démentiras en rien ce que je dirai à ton père.

ALBERTE — Non, je serai muette comme une carpe.

EULALIE, *dramatique* — Ma fille, va, et bientôt tu pourras deux fois bénir ta mère; une fois pour t'avoir donné le jour

et une autre pour t'avoir donné ton Paul. Maintenant,
écoute encore: quand tu m'entendras tousser deux fois,
comme ceci, tu entreras avec ton plus gracieux sourire en
apportant un plateau avec des verres et le carafon de
porto. C'est bien compris?

ALBERTE — Oui, maman.

EULALIE — Bien, et va... et que Dieu nous protège.

ALBERTE, *sortant* — Et surtout qu'il nous exauce.

Son: musique

SCÈNE 2
Eulalie seule, puis Babette

EULALIE — Voyons, maintenant, et comme Napoléon à
Waterloo, non à Austerlitz, organisons notre plan de
campagne. Bon, j'y suis. Il me faut d'abord appeler
Babette pour lui donner son rôle. *(Appelant.)* Babette.
Babette.

Son: bruit de porte et pas.

BABETTE, *entrant* — Madame all a appelé Babette?

EULALIE — Oui, Babette, entrez et ouvrez bien les oreilles;
appelez à votre aide toute votre intelligence.

BABETTE — C'est-y que madame all a besoin de queuqu'chose?

EULALIE — Oui et non.

BABETTE, *vivement* — Ben si alors all a besoin de rin,
j'm'en retourne à ma cuisine. Vous savez bin, j'fais d'la
soupe aux pois.

EULALIE — Bon... bon... taisez-vous et écoutez-moi bien.

BABETTE — Bin, pas trop d'parlage, parce que ma soupe,
elle, va brûler si je reste trop... Quoiqu'y alors?

EULALIE — Tantôt, monsieur le maire va rentrer de son
bureau et...

BABETTE, *coupant* — Bin, ça je l'sais bin. C'est pas du nouveau, y rentre toujours à midi surtout quand il sent la soupe à Babette. J'vous dis qu'il la sent la soupe aux pois.

EULALIE — Je vous dispense de vos remarques.

BABETTE — C'est pas un péché d'aimer la soupe à Babette.

EULALIE — Donc, il va rentrer.

BABETTE — Bin, vous l'avez d'jà dit... *(Elle renifle bruyamment.)*

EULALIE — Il enlèvera son manteau et son chapeau et...

BABETTE, *excitée et reniflant* — Vous sentez pas, vous, ma soupe, all commence à brûler. J'me sauve et je r'viens de suite.

Son: bruit de casseroles, et colère de Babette.

EULALIE — Quelle cruche, Seigneur, quelle cruche!

BABETTE — Une minute de plus et tout y était foutu. J'as ôté la soupe du fourneau et j'vous écoute.

EULALIE — Quand le maire m'aura parlé un moment, il ira peut-être à la cuisine et...

BABETTE — Ça, pour le sûr, y vient toujours voir quoiqu'y a à manger.

EULALIE — Il vous demandera peut-être si un monsieur Latourelle est venu ce matin.

BABETTE — Latourterelle... C'est-y un nom pour un chrétien ça. On avait chez m'man une tourterelle et elle faisait coucourou...

EULALIE — Latourelle, je vous dis, LA-TOU-RELLE.

BABETTE — Bon... bon... c'est compris, et puis c'est pas moi qui dois dire le nom, pas Babette.

EULALIE — Donc s'il vous demande si monsieur Latourelle est venu ce matin, vous lui direz qu'il est venu à dix heures.

BABETTE — Dix heures du matin ou du soir?

EULALIE — Mais du matin, et qu'il n'est pas resté longtemps/

BABETTE — Mais c'est des menteries tout ça.

EULALIE — Non, non, c'est un mensonge joyeux.

BABETTE — Ah! une menterie joyeuse. J'ai jamais entendu ça. Mais ça ne fait rien, j'm'en vas à ma cuisine.

Son: musique.

SCÈNE 3
Eulalie seule, puis le maire

EULALIE — En voilà un numéro, bon comme du bon pain blanc mais bête comme chou. Voyons l'heure.

Son: les douze coups de midi.

EULALIE — Voilà justement midi qui sonne, mon mari ne devra pas tarder à rentrer. Quelque chose doit avoir été mal au conseil car il rentre généralement plus tôt.

Son: bruit de porte et pas précipités.

MAIRE — Ah! me voilà. Madame Portoi, a-t-on jamais vu cet imbécile de Lahure et ce croquant de Piedchaud!

EULALIE — Qu'y a-t-il donc? Tu as l'air furibond.

MAIRE — On le serait à moins. Figure-toi que pendant une heure et demie de conseil à la mairie, ces deux individus ont eu le toupet de combattre ma proposition de déplacer la borne-fontaine qui se trouve devant notre maison.

EULALIE — Mais, rien de bien grave il me semble à cela.

MAIRE — Rien de bien grave? Et le peuple qui vient prendre de l'eau et le jour et la nuit. Pas de liberté chez nous et pas de sommeil la nuit. Et ce n'est pas bien grave!

EULALIE — Il faut avouer que cela ne nous gêne pas outre mesure et...

MAIRE, *coupant avec colère* — Comment, toi, madame Portoi, la mairesse de Saint-Pancrace, tu ne vois donc pas clair? Tu ne comprends rien à la haute politique. C'est une question d'honneur. Mais, écoute bien, je les briserai

comme du verre. Je les mâterai, entends-tu, madame
Portoi? Ce sont des idiots.

EULALIE — Oui, des idiots et puis?

MAIRE — Des crétins, des doubles crétins.

EULALIE — Oui, même des triples crétins si tu veux.

MAIRE — Pas dignes de porter le titre si honorifique devant
la population, de conseillers à la mairie de Saint-
Pancrace. Mais je les briserai, entends-tu, madame
Portoi?

EULALIE — Oui, j'entends, tu les briseras, mais ne t'excite
pas ainsi, tu sais que cela te fait mal. Tu dois être bien
fatigué de cette séance de ce matin. *(Elle tousse deux fois.)*

MAIRE — Apprenez, mon épouse, que rien ne me remettra
que le sang de ces deux conseillers. Rien que leur sang. Je
m'y plongerai, je m'y baignerai.

EULALIE — Oui, tu t'y baigneras. (Elle tousse deux fois.)

MAIRE — Non, mais faut-il être stupide de lutter contre la
volonté du maire de Saint-Pancrace. Cette autorité sou-
veraine d'un homme de mon intelligence. Et qui sont-ils?
Le médecin et le vétérinaire. Deux individus vivant des
maladies d'hommes et des bêtes, des morticoles en
somme. Mais je te le répète, je les briserai... tiens comme
cette potiche.

Son: bruit de porcelaine cassée.

MAIRE — Mais qu'as-tu donc à tousser ainsi? Aurais-tu
pris un froid?

EULALIE — Non, j'ai quelque chose dans la gorge qui me
chatouille, absolument comme toi qui es chatouillé dans
ton amour-propre.

Son: porte et pas.

SCÈNE 4
Les mêmes, Alberte

ALBERTE — Bonjour, papa, j'ai pensé que vous deviez être

fatigué après une séance du conseil et je vous apporte un verre de porto.

MAIRE — Ah! la bonne, l'excellente enfant, que c'est donc bon un porto. Dis-moi, Alberte, connais-tu les citoyens Lahure et Piedchaud de cette ville?

ALBERTE — Je les connais sans les connaître. Ils sont conseillers?

MAIRE — Oui, des idiots, des crétins. Figure-toi qu'ils ont eu l'audace de me tenir tête à moi, le maire de Saint-Pancrace, pour une heure et demie?

ALBERTE — Oh! papa, c'est trop fort. Oser vous tenir tête! C'est trop!

MAIRE — Ah! voilà une fille intelligente, madame la mairesse. Elle se révolte à l'idée qu'on a pu lutter contre le maire de Saint-Pancrace. Elle reconnaît au moins, elle, que je suis l'autorité et qu'on doit se soumettre à cette autorité.

ALBERTE — Certainement, papa, que serait le monde sans cela?

MAIRE — Tiens, donne-moi un autre verre de porto, cela me remet.

EULALIE — À propos, mon mari, j'ai reçu ce matin une visite.

MAIRE — Une visite? Cela ne m'étonne pas; vous autres, femmes, vous n'avez que cela à faire, recevoir et rendre des visites. Tu n'as pas, toi, à t'occuper des affaires de la haute politique, ni à porter sur tes épaules le lourd fardeau des responsabilités du maire de Saint-Pancrace.

EULALIE — Tu ne me demandes pas de qui était cette visite?

MAIRE — Je m'en doute: quelque demande de charité ou quelque bonne langue venue te raconter les potins de la ville.

EULALIE — Figure-toi qu'il venait tout simplement me demander la main de notre fille Alberte.

ALBERTE, à part — Voilà qui s'appelle mentir.

MAIRE — La main d'Alberte. Et qu'as-tu fait, Eulalie?

EULALIE — Ce que j'ai fait. Je ne l'ai pas ménagé. Je lui ai formellement interdit de parler à notre fille et je l'ai carrément mis à la porte avec tous les honneurs dus à son rang de saute-ruisseau. *Son: pas précipités.*

SCÈNE 5
Les mêmes. Babette

BABETTE, *entrant en coup de vent* — Oui, Monsieur le maire, c'est la pure exacte vérité, que ce monsieur il est venu à matin à dix heures. Madame all a dit la pure vérité.

MAIRE — Mais qui donc vous demande votre avis? Et comment savez-vous que madame la mairesse me parle de Monsieur Latourelle?

BABETTE — On a des bonnes oreilles, allez. Mais des fois que vous diriez que c'est des menteries joyeuses.

MAIRE — Non, mais voulez-vous filer à votre cuisine et en vitesse.

BABETTE — C'est parce que vous n'êtes pas venu à la cuisine et madame all a dit que...

MAIRE — Voulez-vous filer avant que je vous massacre.

BABETTE — On s'en va, quand on veut faire bien on se fait engueuler.

SCENE 6
Les mêmes, moins Babette

Son: musique

EULALIE — Donc, je crois avoir bien fait en mettant ce monsieur dehors.

ALBERTE — Oh! maman.

EULALIE — Je suppose bien que le maire de Saint-Pancrace ne donnerait pas sa fille à ce gratte-papier.

MAIRE, *solennellement* — Alors, toi, Madame Portoi, toi, mon épouse, tu as osé prendre sur toi de renvoyer ce jeune homme? Il me semble que le moins eût été de me consulter avant tout. Et que fais-tu donc de l'autorité paternelle?

EULALIE — Tant pis, ce qui est fait est fait, il ne reviendra plus.

MAIRE — Paaaardon, madame Portoi, je regrette de devoir parler ainsi devant votre demoiselle, mais je ne dois pas vous laisser ignorer que pour le mariage des enfants l'autorité paternelle est celle qui compte. Sache bien cela, madame Portoi.

EULALIE — Alors tu veux donner ta fille à ce petit clerc de notaire?

MAIRE — Qui t'a dit cela? Moi, j'entends une fois pour toutes que je suis le maître chez moi et qu'il ne t'appartient pas, à toi, quoique tu sois la mairesse, d'éconduire quelqu'un, surtout ce jeune homme, et d'une manière aussi brutale que tu l'as fait. En somme, ce n'est pas un crime qu'il a commis en venant demander la main d'Alberte. Que cela n'arrive plus, madame mon épouse, sinon...

EULALIE — Tu me pulvériseras peut-être.

MAIRE — Oui, je te... tiens, voilà justement Monsieur Latourelle qui passe devant la maison *(Appelant.)* Hé... monsieur Latourelle, entrez donc une minute. J'aimerais vous causer un instant... Oui, oui, la porte est ouverte.

SCÈNE 7
Portoi et Latourelle

Pendant que le maire parle à la fenêtre les deux femmes se glissent hors de l'appartement.

MAIRE — Eh bien, les voilà toutes deux parties. Je comprends, elles ont peur de se trouver en face de Latourell~

après l'histoire de ce matin. Mais vous ne perdez rien pour attendre, madame la mairesse.

LATOURELLE — Bonjour, Monsieur le maire, vous désirez me voir?

MAIRE — Oui, mais auparavant, nous allons prendre un verre de porto, c'est l'heure de l'apéritif.

LATOURELLE — Avec plaisir, Monsieur le maire.

MAIRE, *appelant* — Babette, apportez un verre, je vous prie. Je suis donc enchanté de vous avoir vu passer, ayant à vous causer très sérieusement, et d'abord, à votre bonne santé.

LATOURELLE — À la vôtre, Monsieur le maire, et à la santé de ces dames.

MAIRE — Voici donc, asseyez-vous, nous pourrons causer plus à l'aise. Vous savez que je suis un homme tout rond... tout rond... mais je tiens à être maître, chez moi; je veux que l'on reconnaisse surtout mon autorité paternelle.

LATOURELLE — Parfaitement, Monsieur le maire, je ne puis que vous approuver.

MAIRE — Ah! vous en convenez. Vous le reconnaissez.

LATOURELLE — Mais, ce n'est que justice, il me semble. *(À part.)* Où diable veut-il en venir?

MAIRE — Vous ne permettez d'être franc avec vous?

LATOURELLE — Comment donc, Monsieur le maire... rien ne vaut la franchise.

MAIRE — Bien, très bien même. J'admire vos sentiments. Eh bien, jeune homme, vous avez fait ce matin une terrible gaffe.

LATOURELLE, *stupéfait* — Moi, Monsieur le maire, une gaffe?

MAIRE — Je dis que vous avez fait ce matin une terrible gaffe?

LATOURELLE — Moi... ce matin... une gaffe.. je n'y suis plus du tout.

MAIRE — Voyez-vous, cher ami, quand on demande une fille

en mariage, ce n'est pas à la mère que l'on s'adresse, mais au père, au père qui est le chef de famille.

LATOURELLE, *tout perdu* — Oui, en effet, c'est l'usage.

MAIRE — Ah! je vois que vous me comprenez. Nous nous entendons. Et, dites-moi, pourquoi ne vous êtes-vous pas conformé à cet usage?

LATOURELLE, *de plus en plus perdu* — Moi... moi... je vous comprends pas.

MAIRE — Allons, ne vous énervez pas, n'essayez pas de dissimuler. Je suis au courant, je sais que ce matin vous êtes venu vers dix heures demander à madame mon épouse la main de notre Alberte.

LATOURELLE — À dix heures du matin, j'ai demandé la main de Mademoiselle Alberte?

MAIRE — Ah! vous vous en souvenez maintenant. Eh bien, mon jeune ami, c'est une démarche absolument incorrecte. Mon épouse vous l'a fait sentir en vous opposant une fin de non recevoir. Elle a même été un peu vive. Elle a eu raison car c'était à moi qu'il fallait vous adresser.

LATOURELLE — Mais, Monsieur le maire, je vous assure que...

MAIRE — Ne m'interrompez pas, je vous prie, je veux bien oublier cet incident en raison de votre inexpérience, car je suppose bien que c'est la première fois que vous demandez une fille en mariage.

LATOURELLE — Mais je vous certifie que...

MAIRE — Ne m'interrompez pas, de grâce. Je vais donc vous donner moi-même réponse à votre demande: Celle-ci m'honore beaucoup, mais vous comprenez qu'il m'est impossible de vous donner une réponse affirmative avant d'avoir consulté ma fille. Pour moi, personnellement, je vous estime beaucoup et serais enchanté de vous avoir pour gendre.

LATOURELLE, *ahuri* — Mais, Monsieur le maire...

MAIRE — Oui, je vous comprends. Vous êtes surpris de mon accueil après celui que vous fit, ce matin, mon épouse.

Mais je vous l'ai dit, je suis très rond en affaires. Et maintenant, cher ami, j'aurais un petit service à vous demander, pendant que je vais consulter ma fille.

LATOURELLE — Comment donc, Monsieur le maire, avec le plus grand plaisir.

MAIRE — Je dois envoyer quelques lettres pressées et je me trouve sans un timbre, auriez-vous la bonté d'aller m'en prendre au bureau de poste tout près d'ici, cent timbres à trois sous?

LATOURELLE — De suite, Monsieur le maire, je pars.

Son: porte et pas.

MAIRE — M'en voilà débarrassé pendant dix minutes, le temps de parler à ma fille et de montrer à madame la mairesse, qui est maître ici. *(Appelant.)* Eulalie et toi, Alberte, venez donc toutes deux un instant; j'ai à vous causer.

SCÈNE 8
Le maire, Eulalie et Alberte

MAIRE — Je viens de causer longuement avec Monsieur Latourelle. Mille diables, mais il est charmant ce jeune homme, et très distingué. Où as-tu pris, Madame Portoi qu'il était insignifiant?

EULALIE — Mais il n'est qu'un vulgaire petit gratte-papier.

MAIRE — Qui a dit cela? Il est délicat, modeste, intelligent, et ce qui ne gâte rien, garçon de grand avenir avec une petite fortune.

EULALIE — Je ne trouve pas, moi, je le lui ai bien montré ce matin.

MAIRE — Je sais, je sais, et c'est là ton grand tort. Mais aussi, je me suis excusé pour ta manière d'agir et il a très bien compris qu'il n'y a qu'une autorité ici, la mienne. Dommage seulement qu'Alberte ne le connaisse pas bien.

ALBERTE — Mais, papa, je ne vous ai jamais dit cela.

MAIRE — Alors, tu le connais donc bien?

ALBERTE — Oui, nous nous sommes vus souvent quand j'allais pour vous chez le notaire et une ou deux fois à des bals.

MAIRE — Ah! la petite cachotière, et tu ne disais rien.

ALBERTE — Papa, comme je reconnais en tout votre autorité paternelle, j'attendais que vous me présentiez un gendre de votre goût.

MAIRE — Voilà qui est bien parlé, ma fille. Quelle leçon pour vous, madame Portoi. Et il te plaît, ce monsieur?

MAIRE, *à sa femme* — Et toi, tu l'as évincé, sans même avoir égard aux sentiments de ta fille. Mais c'est de la tyrannie toute pure, madame Portoi, c'est du despotisme.

EULALIE — Mais je croyais...

MAIRE — Crois tout ce que tu veux, mais ne brise jamais le coeur de ton enfant sans consulter son père. *(À Alberte.)*Ne te désole pas, ma fille, je suis là, moi, ton père, et j'entends être la maître chez moi. Il est charmant ce Monsieur, et tu l'é-pou-se-ras. Tu entends, madame Portoi, malgré ton opposition et ton dépit, elle l'é-pou-se-ra...

Son: coup frappé à la porte.

SCÈNE 9
Les mêmes, Latourelle

MAIRE — Entrez.

LATOURELLE — C'est moi, Monsieur le maire, et voici vos timbres. Oh! Mesdames je vous présente mes hommages.

MAIRE — Je vous remercie, mon cher ami. Mon cher enfant, j'ai le plaisir de vous dire qu'après avoir consulté le coeur de ma fille, je vous accorde sa main, et cela malgré la réception si peu courtoise de mon épouse ce matin.

LATOURELLE — Mais, Monsieur le maire, je ne comprends pas que...

MAIRE — Oui, oui, ne m'interrompez pas. Je suis certain que malgré cela vous vous entendrez très bien avec votre future belle-mère. Et à partir de ce jour, vous pouvez vous considérer comme le fiancé de notre Alberte. Allons, mes enfants, embrassez-vous. Ah! Ah! madame Portoi, mon épouse, c'est un tour de ma façon pour vous prouver que je suis le maître chez moi et que c'est ainsi qu'un père fait le bonheur de sa fille.

EULALIE — Bonheur auquel, sans que vous le sachiez, sa mère a beaucoup contribué! mon cher époux...

RIDEAU

Table des matières

Préface 7

Trop de zèle nuit 9

Le sang vert 27

Repassage à neuf 43

Un monsieur très économe 57

Maison à louer 71

Crétin 89

Monsieur, Madame et Bébé 105

Philibert 119

Maître chez soi 135

Achevé d'imprimer
à la maison Hignell